Fiches BAC

Tle générale

NOUVEAU BAC

W0302352

HLP

SPÉCIALITÉ

Fabien Lamouche
Professeur agrégé de philosophie
Swann Spies
Professeur agrégé de lettres modernes
Bérangère Touet
Professeure agrégée de lettres modernes

Hatier

Crédits iconographiques :
Dépliant : **II** Coll. Archives Hatier • **IV** Doc. George Charles Beresford • **VI** Doc. Ferdinand Schmutzer • **VIII** ph © Louis Monier / Bridgeman images • **X** ph © Heritage Images / Leemage / Bridgeman Images 0 • **XII** ph © The Granger Coll NY / Aurimages

Maquette de principe : Frédéric Jély • **Mise en pages :** STDI
Schémas : STDI • **Iconographie :** Hatier illustration
Édition : Lisa Roche

ISBN 978-2-401-10471-6

SOMMAIRE

Quand vous avez révisé une fiche, cochez la case ❐ correspondante !

La recherche de soi

Éducation, transmission, émancipation

Les expressions de la sensibilité

Les métamorphoses du moi

L'humanité en question

Création, continuités, ruptures

Histoire et violence

L'humain et ses limites

DÉPLIANT

Six cartes mentales pour récapituler

Éduquer, est-ce éveiller ou transmettre ?

1

☐ OK

La pédagogie préconise d'éveiller la curiosité de l'enfant. Mais l'éducation ne vise-t-elle pas d'abord à transmettre un savoir et des valeurs ?

I Éveiller le désir d'apprendre

1 Le modèle rousseauiste

- La **pédagogie** est la discipline qui vise à améliorer les méthodes et les pratiques d'enseignement pour transmettre des connaissances ou des valeurs. Chaque époque contient des débats sur ce qu'il faut enseigner et comment l'enseigner.
- Rousseau se méfie de l'éducation car elle peut pervertir l'homme en l'éloignant de la nature. Dans *Émile, ou De l'éducation* (1762), il prône une **« éducation négative »** préservant son élève des préjugés de la société. Rejetant l'apprentissage et les livres, il prône la découverte active au contact des choses.
- Ce ne sont pas des « préceptes » mais des « exercices » qui feront d'Émile un homme complet. On lui montrera en toute occasion **l'utilité du savoir**, en tenant compte des manières de penser et de sentir propres à son âge.

Citation

« Songez bien que c'est rarement à vous de lui proposer ce qu'il doit apprendre ; c'est à lui de le désirer, de le chercher, de le trouver ; à vous de le mettre à sa portée, de faire naître adroitement ce désir et de fournir les moyens de le satisfaire. » (Rousseau)

2 La naissance de la pédagogie moderne

- Nietzsche dénonce la **« pauvreté d'esprit pédagogique »** des établissements scolaires : selon lui, l'éducation ne doit pas transmettre des informations, mais favoriser d'abord le développement de l'intelligence et de la personnalité (*Sur l'avenir de nos établissements d'enseignement*, 1872).
- À la fin du XIXe siècle, Dewey élabore une pédagogie novatrice où l'enfant, en interaction constante avec son entourage, apprend de la vie elle-même. L'éducateur doit faire de tout sujet d'étude **« une expérience vivante et personnelle »** où le jeu a sa part (*L'École et l'enfant*, 1896) : c'est le principe du « *learning by doing* » (« apprendre en faisant »).

- Dénonçant l'uniformisation voire le dressage des enfants à l'école, les pédagogies alternatives fleurissent au XXe siècle avec les méthodes Steiner, Decroly, Montessori, etc. : l'enfant devient « le centre de l'activité qui apprend tout seul, libre dans le choix de ses occupations et de ses mouvements » (Montessori, *L'Enfant*, 1935).

II Transmettre un monde

1 Le sérieux du savoir

- Méfiant à l'égard des pédagogues qui prônent une éducation ludique et concrète, Alain réhabilite la discipline et l'abstraction. Lui-même professeur, il assume un enseignement « retardataire » mais pas pour autant « rétrograde », car toute éducation s'appuie sur la transmission du passé, même si c'est pour le dépasser (*Propos sur l'éducation*, 1932).

> **Mot clé**
> La **transmission** désigne l'acte de communiquer des connaissances ou des valeurs.

- Hegel estimait déjà qu'une pédagogie centrée sur le jeu revenait à confondre la dignité du monde des adultes avec une activité puérile. Il refuse en outre de rabattre la valeur spirituelle du savoir sur l'intérêt matériel (ou utilité) de la connaissance (*Textes pédagogiques*).

2 L'ancien et le nouveau

- Dans « La Crise de l'éducation » (1961), Arendt constate l'échec des pédagogies modernes et s'en saisit pour réhabiliter la notion de transmission. Selon elle, le déclin de l'autorité et de la tradition dans le monde moderne a brouillé la frontière entre le statut de l'enfant et celui de l'adulte.
- « C'est justement pour préserver ce qui est neuf et révolutionnaire dans chaque enfant que l'éducation doit être conservatrice » : pour Arendt, l'éducation lègue aux générations nouvelles un monde ancien qu'il leur reviendra de transformer. L'éducateur doit donc assumer la « responsabilité » du monde qu'il transmet.

L'ESSENTIEL

Éveiller	Transmettre
découverte active	héritage d'une tradition
exercices, jeu	préceptes, sérieux
l'éducateur est un guide	l'éducateur a une autorité

Comment la littérature rend-elle compte du rôle fondateur de l'école ?

2

☐ OK

Tandis que l'école se démocratise sous la Troisième République, la littérature s'empare de ce lieu devenu commun et souligne son importance nouvelle, pour l'individu comme pour la société.

I L'école, une expérience fondatrice

1 Des souvenirs forts

- Positive ou négative, l'expérience d'écolier laisse des traces certaines. L'écrivain peut dénoncer la **rigidité d'un système éducatif** qui multiplie les sévices et écrase les singularités individuelles. Jules Vallès, dans son roman aux accents autobiographiques *L'Enfant* (1881), règle ses comptes avec « le collège [qui] moisit, sue l'ennui et pue l'encre. »

- L'école est aussi associée à des **moments de grâce**. Dans *La Gloire de mon père* (1957), Marcel Pagnol sublime l'instant où l'enfant accède à la lecture : encore bien jeune, ce fils d'instituteur crée la surprise et la fierté de son père en déchiffrant une phrase inscrite au tableau.

2 Le maître, figure marquante

- L'écrivain met en évidence le rôle décisif du maître, à la fois **bienveillant et exigeant**. Porte d'accès à un autre monde, l'école peut infléchir un destin. Camus, fils d'une mère analphabète et orphelin de père, et pourtant lauréat du prix Nobel de Littérature en 1957, écrit sa gratitude envers son instituteur, monsieur Germain, précieux guide qui l'accompagna sur le chemin du savoir.

> **À noter**
>
> En latin, ***educare***, qui signifie « élever, instruire, tirer à soi », est issu du terme *dux*, « le chef, le guide ».

- Au-delà du savoir, le maître ouvre des **perspectives de vie**. Dans *Lambeaux* (1995), Charles Juliet raconte combien sa mère, jeune paysanne très bonne élève mais contrainte de quitter l'école après l'obtention de son certificat d'études, voit dans l'instituteur un « second père » protecteur, dispensateur d'un savoir nourrissant.

- La figure de l'**enseignant charismatique** qui transforme la vie de ses élèves se retrouve au cinéma : dans *Le Cercle des poètes disparus* (Peter Weir, 1989), un professeur de lettres bouscule les pratiques archaïques d'une école conservatrice et invite ses élèves à trouver leur propre voie.

II L'école, terreau de la construction de soi

1 Un lieu d'émancipation

- Les savoirs transmis par l'école peuvent entrer en conflit avec le milieu familial de l'élève. Annie Ernaux explique dans *La Place* (1983) la méfiance de ses parents, petits commerçants, envers l'école. Le savoir et l'autonomie se transmettent parfois au prix d'un **arrachement au milieu familial**.
- Dans *L'Art de perdre* (2017), Alice Zeniter s'intéresse au destin d'une famille algérienne émigrée en France : elle y décrit le **lent apprentissage de la langue française**, douloureux et magique, d'Hamid, qui acquiert un savoir auquel ses parents n'auront jamais eu accès.

2 L'école au cœur des enjeux de société

- L'éducation, **gage d'élévation humaine**, est la pierre de touche d'une société saine : Victor Hugo se bat contre le travail des enfants dans son poème « Melancholia » (1856), en soulignant l'importance décisive de l'instruction.
- Péguy magnifie les « beaux hussards noirs » (*L'Argent*, 1913) que sont les instituteurs, aux avant-postes de la défense des **valeurs républicaines**.

3 L'élève, une préoccupation majeure

- L'école accorde une importance croissante à l'élève et à son bien-être. Dans *Chagrin d'école* (2007), Daniel Pennac donne à voir l'école du point de vue du cancre qu'il était ; il interroge **l'échec scolaire** et montre la douleur de celles et ceux qui se sentent exclus du savoir.
- Que peut l'école ? Jeanne Benameur, dans son récit *Les Demeurées* (2000), réfléchit aux **limites du pouvoir de l'instituteur**, à travers l'impuissance de Mme Solange à ouvrir véritablement les portes du savoir à Luce, qui vit l'école comme une menace.

L'ESSENTIEL

L'école, une instance essentielle
- Un lieu d'épanouissement ou de souffrance
- Un lieu de transmission et d'émancipation
- Un lieu clé pour l'individu et pour la société

Comment les récits d'apprentissage éclairent-ils la construction de l'individu ?

3

☐ OK

Alors que grandit l'intérêt pour l'individu, de nouveaux genres littéraires connaissent un succès croissant : c'est le cas des récits d'apprentissage, centrés sur des parcours de vie.

I Une veine féconde à l'époque moderne

1 Des transformations sociales décisives

- Au XVIIIe siècle, l'individu prend de plus en plus d'importance dans la société : il aspire à des choix de vie personnels, et donc **à se libérer des cadres sociaux contraignants** de sa famille, de son milieu, de sa religion.
- La Révolution française rebat les cartes du jeu social : la noblesse perd du pouvoir au profit de la bourgeoisie et la possibilité de **tracer librement sa voie** se laisse entrevoir. Le roman d'apprentissage permet d'explorer les perspectives ouvertes par ce monde qui bouge.

2 Un genre codifié

- Goethe signe avec les *Années d'apprentissage de W. Meister* (1796) le premier *Bildungsroman*, ou **roman d'apprentissage**, en allemand.
- Particulièrement fécond au XIXe siècle, le roman d'apprentissage donne à suivre **l'évolution morale et sociale d'un personnage inexpérimenté** qui explore un monde complexe, souvent au prix de désillusions.
- En quête de reconnaissance, d'amour ou de gloire, le héros cherche par tous les moyens à **s'arracher à son milieu** géographique ou social : dans *Bel-Ami* (Maupassant, 1885), Duroy, fils de paysans normands, espère faire fortune à Paris.

II Des aventures éprouvantes : le moi face au monde

1 Rencontres et expériences

- L'intrigue des romans d'apprentissage s'appuie souvent sur des **rencontres décisives** qui modèlent la vision du monde du héros. Dans *Le Père Goriot* (Balzac, 1835), le naïf Rastignac est pris à parti par Vautrin, figure cynique qui l'initie aux sombres rouages de la réussite parisienne.

- Le lecteur suit avec intérêt l'évolution de *Martin Eden*, héros du roman éponyme de Jack London (1907) : cherchant à se rendre digne de l'amour d'une jeune fille de classe sociale supérieure, ce jeune marin sans instruction découvre en la littérature une voie de salut.

2 Un regard sensible sur soi et sur le monde

- Le lecteur partage les élans d'enthousiasme, les déceptions, les interrogations du personnage, qui découvre un monde nouveau dont il ne connaît pas les règles. Le réalisme subjectif, très utilisé dans les romans du XIXe siècle, permet de percevoir la réalité à travers le regard d'un personnage, et donc de partager son expérience.
- Le récit accorde une place essentielle aux premiers émois – expérience souvent déceptive. Tourgueniev dissèque dans *Premier amour* (1860) les affres de la passion et de la jalousie.

3 Un moi transformé

- Le personnage mûrit au fil de ses expériences et peut triompher de la jungle sociale. Dans divers volumes de *La Comédie Humaine* de Balzac, le lecteur peut voir Eugène Rastignac louvoyer toujours plus habilement dans la société, de 22 à 48 ans.

À noter

Aujourd'hui, un **Rastignac** désigne dans le langage courant un arriviste, jeune loup aux dents longues.

- Le personnage gagne une connaissance plus claire de lui-même. Julien Sorel (*Le Rouge et le Noir*, Stendhal, 1830), fils de charpentier d'abord porté par une ambition dévorante, prend conscience de ses égarements au seuil de la mort. C'est à l'amour authentique et pur pour Mme de Rênal qu'il aurait dû s'adonner.
- L'apprentissage est parfois déceptif pour le personnage comme pour le lecteur. Le titre du roman de Balzac *Illusions perdues* vaut pour bien des itinéraires ! *L'Éducation sentimentale* (Flaubert, 1869) retrace trente années de la vie de Frédéric Moreau, velléitaire impénitent qui n'a pas su incarner dans le réel les virtualités de sa jeunesse.

L'ESSENTIEL

L'itinéraire du héros dans le roman d'apprentissage

Personnage jeune, naïf → Confrontation à un milieu ; rencontres, découvertes → Meilleure connaissance de soi et du monde

Quel est le but de l'éducation ?

4

☐ OK

L'éducation est associée à la discipline et à l'effort. Mais loin d'être une fin en soi, cette contrainte est surtout un moyen pour l'individu d'accéder à l'autonomie.

I Culture et discipline

1 Le perfectionnement de soi

- Du latin *ducere* (« conduire »), l'éducation est un processus par lequel l'individu développe ce qu'il a de proprement humain. Comme le dit l'humaniste Érasme, il faut **« affiner l'esprit par la discipline »** (*De l'Éducation des enfants*, 1529).

Citation

« Les hommes ne naissent point hommes, ils le deviennent par un effort d'invention. » (Érasme)

- Pour les Anciens déjà, l'éducateur devait avoir en vue **la socialisation et la moralisation de l'individu** car c'est un « animal politique », destiné à vivre en bon accord avec ses semblables. Aristote estime que la bonne conduite est affaire de bonnes habitudes, elles-mêmes contractées sous l'effet de l'éducation (*Éthique à Nicomaque*, IVe siècle av. J.-C.).

2 Une dimension répressive

- L'entrée dans la culture représente **un arrachement parfois douloureux à notre nature première**. Selon le sociologue Durkheim, la contrainte est intériorisée grâce à « l'action [...] que les adultes exercent sur les plus jeunes ». L'enfant naît égoïste et asocial, mais l'éducation en fait un être moral et un citoyen : « elle crée dans l'homme un homme nouveau et cet homme est fait de tout ce qu'il y a de meilleur en nous » (*Éducation et sociologie*, 1922).

- Freud parle d'un processus de **« répression des pulsions »**, par lequel le petit sauvage devient en quelques années un être civilisé. L'individu doit dépasser son état naturel et dominer ses instincts pour entrer dans la culture et la société : « l'éducation doit donc inhiber, interdire, réprimer et c'est à quoi elle s'est de tout temps amplement appliquée » (*Nouvelles conférences d'introduction à la psychanalyse*, 1932).

- Comme le résume André Comte-Sponville, « on naît homme, ou femme ; on devient humain » (*Dictionnaire philosophique*, 2013). L'éducation ne flatte pas les tendances naturelles et le plaisir, mais **promeut la culture et le travail**. En ce sens, elle n'est pas au service des enfants mais des adultes qu'ils doivent devenir.

II La conquête de la liberté

1 Vers l'émancipation

Mot clé

L'**émancipation** est l'acte consistant à sortir de la soumission pour devenir autonome.

- Si l'homme est bien, comme le dit Kant, « la seule créature qui doive être éduquée », la discipline imposée à l'enfant ne doit pas être vue comme un dressage, mais consiste à **« cultiver la liberté par la contrainte »**. Autrement dit, elle favorise son émancipation en l'exerçant à dominer ses tendances capricieuses ou sauvages (*Réflexions sur l'éducation*, 1803).
- Les peuples doivent **s'éclairer eux-mêmes** pour conquérir leur liberté. Opposé à la censure, Kant souhaite que les opinions scientifiques, politiques, religieuses, soient publiées et débattues (*Qu'est-ce que les Lumières ?*, 1784). Il rêve aussi d'une « éducation publique », fondée sur le mérite et offrant « la meilleure image du citoyen à venir ». Se dessine alors l'espérance d'un progrès de l'humanité vers le règne du droit.

2 L'instruction publique

- Député à la Convention, Condorcet estime que « l'instruction publique est un devoir de la société à l'égard des citoyens ». Il prône la création d'une **école publique, laïque et gratuite** dans chaque village, accueillant garçons et filles : « l'instruction doit être la même pour les femmes et pour les hommes » (*Mémoires sur l'instruction publique*, 1791) ▶ FICHE 5.
- Condorcet distingue **éducation et instruction** : l'école ne doit pas se substituer aux familles dans la transmission des croyances et valeurs, mais apporter aux futurs citoyens le savoir nécessaire au libre exercice de leur jugement et les préserver de toute soumission (aux préjugés, aux tyrans).

L'ESSENTIEL

L'émancipation par l'éducation

La culture contre l'instinct
- discipline
- socialisation
- raffinement

La conquête de la liberté
- instruction
- citoyenneté
- égalité

ŒUVRE CLÉ • John Stuart Mill, *L'Asservissement des femmes*

5

☐ OK

Publié en 1869 au Royaume-Uni, *The Subjection of Women* marque l'un des premiers engagements d'un philosophe d'envergure pour les droits des femmes. De l'aveu de Mill lui-même, son épouse Harriet Taylor y a beaucoup contribué.

I « Le vestige d'une barbarie passée »

- Philosophe et économiste britannique renommé, John Stuart Mill (1806-1873) compose cet ouvrage dans les années qui suivent la mort d'Harriet Taylor en 1858. Outre son engagement en faveur du droit de vote des femmes, le couple professait un libéralisme teinté de préoccupations sociales, conformément à la doctrine utilitariste prônant la recherche du **plus grand bonheur pour le plus grand nombre**.

- La moitié de l'humanité est maintenue dans une forme d'esclavage légal : l'assujettissement des femmes est pour Mill **« une fausse note dans la civilisation moderne »**, vestige d'une époque où la seule force physique assurait la domination. La modernité, fondée sur les droits de la personne, implique « un principe d'égalité totale » entre femmes et hommes.

> **Citation**
> « L'inégalité des droits de l'homme et de la femme n'a pas d'autre source que la loi du plus fort. »

II La structure du livre

- Le premier chapitre réfute l'opinion bien ancrée selon laquelle il y aurait une inégalité naturelle entre les femmes et les hommes : on peut tout au plus constater des **différences qui relèvent en réalité de la coutume**.

- Dans le deuxième chapitre, Mill critique le mariage qui donne au mari tous les droits sur la personne de sa femme, sur ses biens et sur leurs enfants. Dans cette relation, elle est légalement « esclave à toute heure et à tout instant » d'un **« despote »**.

> **Citation**
> « Aucun esclave n'est esclave à un tel point et dans un sens aussi fort du terme qu'une femme. »

- Le chapitre 3 porte sur l'**accès au travail** : il est injuste d'écarter les femmes de certaines fonctions publiques ou professionnelles. C'est seulement « pour les maintenir en sujétion dans la vie domestique » qu'on les prétend incompétentes dans les autres domaines.

- Enfin, Mill appelle à une « révolution sociale » établissant l'égalité des droits (chapitre 4). Celle-ci conduirait à une **« régénération morale de l'humanité »** qui ne bénéficierait pas seulement aux femmes mais à l'ensemble de la société.

III « La force de l'éducation »

- L'ouvrage détruit la notion naïve de **« nature féminine »** : les différences de caractère entre les hommes et les femmes ne sont pas le fait de la nature, mais s'expliquent par « les influences qui forment la personnalité humaine ».

- Mill dénonce la manière dont les femmes sont dès leur plus jeune âge **conditionnées à devenir des épouses soumises**, qui s'efforceront de « vivre pour les autres » et limiteront leurs ambitions à la sphère domestique. Il n'est plus tolérable que « plaire aux hommes » demeure « l'étoile polaire de l'éducation et de la formation de la personnalité féminine ».

> **Citation**
>
> « Ce qu'on appelle aujourd'hui la nature des femmes est quelque chose d'éminemment artificiel. »

- Le combat engagé par Mill se prolonge aujourd'hui dans la lutte contre les stéréotypes de genre. Si le **« sexe »** est une donnée biologique, le **« genre »** est socialement construit : les sociétés instituent des codes différents pour agir, penser et se penser soit comme une femme, soit comme un homme. Simone de Beauvoir a attiré l'attention sur cette distinction en écrivant : « on ne naît pas femme, on le devient » (*Le Deuxième sexe*, 1949).

L'ESSENTIEL

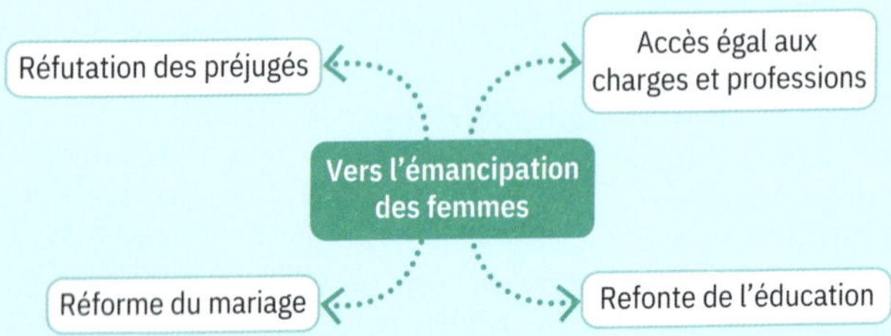

Quiz EXPRESS 6

Avez-vous bien révisé les fiches 1 à 5 ? On vérifie !

Éducation, transmission, émancipation

1 Questions de pédagogie

▶ FICHE 1

1. Reliez chaque auteur à la pédagogie qu'il défend.

a. Rousseau • • e. apprendre en faisant
b. Alain • • f. éducation négative
c. Arendt • • g. transmettre un monde
d. Dewey • • h. enseignement retardataire

2. Que reproche Arendt aux pédagogies modernes ?

- ☐ a. Elles brouillent la frontière entre l'enfant et l'adulte.
- ☐ b. Elles ne sont pas assez ludiques.
- ☐ c. Elles ne respectent pas la personnalité de l'enfant.

2 Éducation et apprentissage en littérature

▶ FICHES 2 ET 3

Associez chaque écrivain à la vision de l'école qu'il développe.

a. Vallès • • e. un lieu potentiel d'exclusion
b. Hugo • • f. un lieu de sévices et de souffrances
c. Ernaux • • g. un lieu de progrès et d'égalité sociale
d. Pennac • • h. un levier pour s'émanciper de son milieu

3 Éducation et émancipation

▶ FICHES 4 ET 5

Vrai ou faux ?	Vrai	Faux
a. Les auteurs de l'Antiquité considéraient l'éducation comme un dressage.	☐	☐
b. La psychanalyse s'oppose à la répression des pulsions.	☐	☐
c. Les philosophes des Lumières accordent une valeur émancipatrice à l'éducation.	☐	☐

CORRIGÉS

1 Questions de pédagogie

1. a. **f**. Rousseau veut d'abord éviter d'inculquer à son élève les préjugés qui imprègnent la société.

b. **h**. Pour Alain, tout enseignement prend appui sur le passé, même si c'est pour le dépasser.

c. **g**. L'éducateur a selon Arendt la charge de transmettre un monde ancien dont il doit assumer la responsabilité.

d. **e.** Le pédagogue américain Dewey prône une éducation novatrice fondée sur l'exercice et les jeux.

2. **Réponse a.**
Arendt pense que les pédagogies modernes manifestent un déclin de l'autorité dans le monde moderne.

2 Éducation et apprentissage en littérature

a. **f.** un lieu de sévices et de souffrances

b. **g.** un lieu de progrès et d'égalité sociale

c. **h.** un levier pour s'émanciper de son milieu

d. **e.** un lieu potentiel d'exclusion.

3 Éducation et émancipation

a. **Faux.**
Pour les Anciens, l'éducation devait au contraire éloigner l'homme de l'animalité et lui permettre de cultiver sa raison et sa sociabilité.

b. **Faux.**
Selon la psychanalyse, cette répression des pulsions est nécessaire à la civilisation, même si Freud la juge parfois excessive.

c. **Vrai.**
Contemporains de la Révolution française, Kant et Condorcet voient l'éducation comme un moyen pour les individus et les peuples de devenir pleinement autonomes.

*FLASH***CARDS** 7

Mémorisez les idées clés des fiches 1 à 5.

Éducation, transmission, émancipation

1

Qu'est-ce que la pédagogie ?

▶ FICHE 1

2

Pourquoi Hegel oppose-t-il jouer et apprendre ?

▶ FICHE 1

3

Qu'est-ce qu'un *Bildungsroman* ? Donnez un exemple.

▶ FICHE 2

4

Citez deux auteurs qui ont abordé les failles de l'institution scolaire.

▶ FICHE 2

5

Nommez deux héros qui cherchent à s'émanciper de leur milieu d'origine.

▶ FICHE 3

6

Pourquoi la discipline est-elle nécessaire à toute éducation ?

▶ FICHE 4

7

Quelle est la différence entre instruire et éduquer ?

▶ FICHE 4

8

Quels sont selon Mill les quatre principaux points à réformer en faveur de l'émancipation des femmes ?

▶ FICHE 5

RÉPONSES

Efforcez-vous de répondre aux questions par vous-même avant de consulter les réponses, puis révisez régulièrement pour bien mémoriser.

1

Pédagogie : discipline visant à améliorer les méthodes et pratiques d'enseignement en tenant compte des spécificités de l'enfant.

2

- **Jouer** : activité puérile conduite au gré de la fantaisie de l'enfant.
- **Apprendre** : activité sérieuse développant l'exercice de la raison.

3

Bildungsroman : roman d'apprentissage. Roman qui se concentre sur des personnages inexpérimentés qui découvrent le monde et perdent leurs illusions.
Ex. : *Illusions perdues* (Balzac)

4

Exemples :
- Pennac dans *Chagrin d'école* (figure du cancre)
- Benameur dans *Les Demeurées* (méfiance vis-à-vis de l'école)...

5

Exemples :
- Georges Duroy (*Bel Ami*, Maupassant)
- Rastignac (*La Comédie humaine*, Balzac)
- Martin Eden (*Martin Eden*, Jack London)...

6

La **discipline** consiste à s'imposer des contraintes. Elle exerce un individu à surmonter ses tendances au caprice et à la sauvagerie.

7

- **Instruire** : transmettre des connaissances (c'est le rôle de l'école).
- **Éduquer** : transmettre des valeurs et des croyances (c'est le rôle de la famille).

8

Points à réformer selon Mill :
- les mentalités
- le mariage
- l'accès aux charges et professions
- l'éducation.

Comment est née l'expression de la sensibilité individuelle ?

8

☐ OK

« Le moi est haïssable », déclarait Pascal au XVIIe siècle. L'intérêt pour le moi n'a pas toujours été aussi vif qu'aujourd'hui ! Il faut attendre le XIXe siècle romantique pour que l'intériorité trouve véritablement droit de cité en littérature.

I L'épopée du moi

1 L'émergence progressive de l'individu

- Jusqu'à la Révolution française, l'individu, pris dans un réseau serré de contraintes (la famille, l'État monarchique, la religion) qui pèsent sur sa destinée, n'existe pas en tant que tel ; il se confond avec le groupe.
- À partir de la fin du XVIIIe siècle, l'individu s'affranchit des tutelles traditionnelles et se définit désormais comme entité autonome, responsable, en quête d'épanouissement personnel. Une société nouvelle apparaît, laissant davantage de place aux désirs individuels.

2 La valorisation de la sensibilité

- Rompant avec l'interdiction classique de parler de soi, des voix s'élèvent pour proclamer l'infinie richesse de l'intériorité, qui mérite d'être dévoilée : c'est le cas de Jean-Jacques Rousseau dans ses *Confessions* (1782).
- Le romantisme émerge en Allemagne à la fin du XVIIIe siècle ; le mouvement « *Sturm und Drang* » (« tempête et passion »), initié par Goethe, irradie dans toute l'Europe et valorise les sentiments.
- Le philosophe Charles Taylor observe la naissance d'une sensibilité « expressiviste », qui affirme la singularité de chacun, cherchant à s'épanouir contre certaines contraintes sociales.

> **À noter**
> Le XIXe siècle est surnommé « **le siècle du Moi** ». Stendhal parle d'« égotisme » pour décrire cet engouement littéraire pour l'affirmation de soi.

II Le romantisme, ou le triomphe de la sensibilité

1 L'écrivain, un être à la sensibilité singulière

- Le poète Lamartine, chantre du romantisme, érige la sensibilité en principe de création novateur : « Je suis le premier qui ai fait descendre la poésie du Parnasse, et qui ai donné à ce qu'on nommait la muse, au lieu d'une lyre à sept cordes de convention, les fibres mêmes du cœur de l'homme, touchées et émues par les innombrables frissons de l'âme et de la nature » (*Méditations poétiques*, 1820).

- Le mal-être et les désillusions personnelles sont volontiers sources d'inspiration. « Les chants désespérés sont les chants les plus beaux », déclare Musset (*Les Nuits*, 1837). Il analyse dans sa *Confession d'un enfant du siècle* (1836), aux accents autobiographiques, le sentiment de malaise diffus, le désenchantement de la jeunesse romantique : c'est **le « mal du siècle »**.

- Le poète se démarque du commun des mortels par sa **sensibilité exacerbée**. Dans *Les Contemplations* (1856), véritables « Mémoires d'une âme », Hugo tend au lecteur le « miroir » de toutes les émotions humaines, à la fois intimes et universelles.

2 L'exaltation des émois et tourments individuels

- Le roman explore en profondeur **l'âme des personnages**, en accordant une place centrale à l'amour. Dans *Adolphe* (1816), Benjamin Constant dépeint la lente décomposition d'une relation amoureuse.

- Le romantisme crée **des personnages hors du commun**, assoiffés d'absolu, tourmentés, passionnés, souvent marginaux, révoltés ou perdus dans l'existence. Delphine, figure féminine forte du roman épistolaire éponyme de Madame de Staël (1802), cherche à vivre un amour impossible dans une société encore conservatrice, qui bride les élans du cœur.

- La **nature**, refuge salvateur, devient le lieu d'une harmonie retrouvée ; le paysage se fait état d'âme. René, double littéraire de Chateaubriand (*René*, 1804), cherche en vain sa voie en s'exilant en Amérique, loin d'une société honnie.

Mot clé

Un **paysage état d'âme** permet, à travers une description évocatrice, de refléter les sentiments des personnages.

L'ESSENTIEL

Du « moi haïssable » au « siècle du Moi »

Affaiblissement des tutelles traditionnelles	Affirmation de l'individu, digne et unique	Exaltation de la sensibilité individuelle

Comment écrire l'intime ?

9

☐ OK

« *Intus, et in cute* » (à l'intérieur, et sous la peau) : l'épigraphe des *Confessions* de Rousseau pointe l'ambition de saisir le moi dans toute sa vérité. Mais comment saisir par l'écriture notre vie intérieure ?

I Une mise en mots délicate

1 Des mots impuissants ?

- Le langage semble parfois trop limité pour exprimer fidèlement les nuances de nos états d'âme : « Mais comment exprimer cette foule de sensations fugitives que j'éprouvais lors de mes promenades ? […] On en jouit, mais on ne peut les peindre, » déplore René (Chateaubriand, 1804).
- Le vécu surpasse les mots. Le décès de sa fille Léopoldine plonge d'abord Hugo dans le mutisme : son poème « 4 septembre 1843 » n'est qu'une ligne pointillée. Écrire *Les Contemplations* (1856) est alors un moyen de renouer avec le langage, pour dépasser la souffrance.

2 Le défi de l'expression

- Le langage risque de travestir l'émotion ressentie, surtout quand elle est forte ou singulière comme peut l'être le sentiment amoureux. Dans *Journal d'un corps* (2012), Daniel Pennac ironise sur l'écueil de tomber dans la « soupe aux sentiments » de la narration du coup de foudre.
- Nathalie Sarraute alerte sur le danger de mal nommer les mouvements intimes. Il s'agit de faire ressentir dans l'écriture le vécu mouvant et incertain, pour représenter ce « foisonnement innombrable de sensations, d'images, de souvenirs… aux portes de la conscience » (*Tropismes*, 1957).

Citation

« Écrire l'amour, c'est affronter le gâchis du langage, cette région d'affolement où le langage est à la fois trop et trop peu. » (Roland Barthes, *Fragments d'un discours amoureux*, 1977)

II Saisir la vie intérieure dans toute sa richesse

1 Fixer des sensations furtives

- Fixer l'impression furtive que la nature laisse sur les sens : tel est le défi du haïku, poème japonais qui tire sa force de sa brièveté (17 syllabes).

- Écrire l'intime, c'est aussi saisir les vibrations qu'éveille l'environnement dans le cœur de l'artiste, aux sens aiguisés. Walt Whitman célèbre le **« corps électrique »** de l'homme, exalté et grandiose, rendu poreux à toutes les sensations.

2 Accéder au for intérieur

- Les écrivains cherchent à inventer des modes d'expression à même de **capter les variations du « moi »**.
- Attentive aux mouvements de l'âme, concentrée sur **l'exploration des sensations**, l'écriture de Proust (*À la recherche du temps perdu*, 1913-1927) se déploie en longues phrases introspectives qui font surgir les strates enfouies du passé.
- L'écrivain peut chercher à **libérer l'intime en réduisant la part du travail créateur**. Les auteurs surréalistes mettent au jour leurs pensées inconscientes ou refoulées à travers des récits de rêve et la pratique de l'écriture automatique, censées révéler le moi profond.

> **À noter**
> La dégustation d'une madeleine ramène le narrateur vers son enfance, dans un long et tenace **effort de remémoration** : « l'édifice immense du souvenir » émerge de sa tasse de thé.

3 Saisir une conscience mouvante

- Au xxe siècle, des écrivains nous placent **au plus près de l'intériorité des personnages** grâce à des techniques narratives inédites.
- Le **monologue intérieur** permet au personnage d'exprimer ses pensées intimes dans des phrases souvent averbales, énumératives, qui progressent par association d'idées ou par ellipses.
- La Britannique Virginia Woolf, l'Américain William Faulkner et l'Irlandais James Joyce explorent le **flux de conscience**, forme qui donne à lire les pensées de personnages dans leur complexité, leur incohérence, en entrelaçant parfois présent, passé, avenir. ▶ FICHE 13

L'ESSENTIEL

Des mots problématiques	▸ impersonnalité du langage ▸ manque de nuance et d'intensité
Un for intérieur insaisissable	▸ intériorité unique et mouvante ▸ « moi » mystérieux
L'art de l'écrivain	▸ attention aiguë aux émotions et sensations ▸ exploration de formes littéraires inédites

Nos sentiments sont-ils partageables ?

10

☐ OK

Les sentiments relèvent de l'intime, c'est-à-dire de ce que nous avons de plus privé et d'indicible. Mais n'ont-ils pas aussi quelque chose de communicatif au-delà des mots ?

I Les limites du langage

- Les mots atteignent-ils **la profondeur de la vie intérieure** ? Nietzsche en doute car le langage transpose laborieusement des excitations nerveuses en sons. Nous ne communiquons que la partie la plus superficielle de notre pensée, tandis que la plus profonde reste indicible (*Le Gai savoir*, 1882).

- De même, Bergson compare les mots à des « étiquettes » que nous collons sur nos sentiments : le langage est simplificateur car il est soumis aux impératifs et aux urgences de l'action. Les poètes font exception car ils n'ont pas ce souci de l'utile. Eux seuls savent trouver les mots justes et nous faire communier dans une **émotion esthétique** (*Le Rire*, 1900). ▶ FICHE 11

II Une communication qui se passe de mots

- Les sentiments se partagent quelquefois **sans qu'on ait besoin de mots** pour les exprimer : comme le montre René Girard dans *La Violence et le sacré* (1972), nos désirs imitent ceux des autres sur fond de rivalité. De même, la joie et la peine sont « communicatives » : on manifeste à une personne endeuillée sa « sympathie » ou ses « condoléances », ce qui signifie au sens strict qu'on partage sa douleur.

- Les philosophes du XVIIIe siècle tels que Smith ou Hume voient même dans la sympathie **la source de la moralité**. Rousseau définit la « pitié » comme une tendance naturelle à s'imaginer à la place de la personne qui souffre, et donc à percevoir sa douleur comme si c'était la nôtre (*Émile*, 1762). Loin de nous enfermer dans l'égoïsme ou le solipsisme, les sentiments nous ouvrent donc aussi à autrui.

> **Mot clé**
>
> Le **solipsisme** est une situation d'absolue solitude, où la conscience se perçoit comme enfermée en elle-même.

Le Bon montre des aspects plus inquiétants de ce partage des sentiments dans sa *Psychologie des foules* (1895). Comme le dit aussi Durkheim, des individus inoffensifs « peuvent, réunis en foule, **se laisser entraîner** à des actes d'atrocité » dans lesquels, revenus à leur état normal, ils ne se reconnaissent pas (*Les Règles de la méthode sociologique*, 1895).

III Une compréhension immédiate

Dans *Nature et formes de la sympathie* (1923), Scheler analyse la vie émotionnelle et la manière dont les sentiments d'autrui nous deviennent intelligibles. Il distingue **plusieurs niveaux de « compréhension affective »** : partage, participation, contagion, fusion. Selon lui, c'est par une sorte d'élan vital que les consciences entrent en communication, et non par une analyse rationnelle du comportement d'autrui.

Husserl fonde l'intersubjectivité sur ce **transfert immédiat** qui s'opère de mon être de chair aux autres avec qui je partage un monde : « je comprends immédiatement ce qu'ils se représentent et pensent, quels sentiments ils ressentent, ce qu'ils souhaitent ou veulent » (*Idées directrices pour une phénoménologie*, 1913).

> **Mot clé**
> L'**intersubjectivité** désigne une subjectivité partagée sur laquelle se fonde la constitution d'un monde commun.

Son analyse est prolongée par Merleau-Ponty : mon corps percevant le corps d'autrui, « il y trouve comme un **prolongement miraculeux** de ses propres intentions, une manière familière de traiter le monde » (*Phénoménologie de la perception*, 1945).

L'ESSENTIEL

Le partage des sentiments

- **Communication** ▸ langage, art (signes, symboles)
- **Empathie et contagion** ▸ pitié, sympathie, effets de foule
- **Transfert** ▸ intersubjectivité, perception d'autrui

En quoi consiste l'émotion esthétique ?

11

OK

Le mot « esthétique » désigne ce qui est relatif à la beauté. Il dérive du grec *aisthêsis* qui signifie « sensation » : cette émotion est-elle pour autant étrangère à la raison ?

I Une émotion rationnelle

1 Le paradoxe du jugement de goût

- Quand on parle des choses « agréables », on admet que chacun ait ses préférences. Mais lorsqu'on dit qu'une chose est « belle », on estime que tout autre devrait partager notre émotion. C'est selon Kant un paradoxe remarquable : le jugement de goût prétend à une valeur universelle tout en n'étant fondé que sur un sentiment.

Mot clé

Subjectif et fondé sur une émotion, le **jugement de goût** se distingue du jugement de connaissance, objectif et fondé sur un concept.

- Kant résout ce paradoxe par la notion de plaisir « désintéressé », qui permet une analogie entre émotion esthétique et intention morale. Le plaisir éprouvé devant la belle forme (naturelle ou artistique) tient à l'harmonie ressentie entre les facultés sensibles et les facultés intellectuelles.

2 L'expérience du sublime

- L'émotion provoquée par le sublime est d'un autre ordre puisqu'elle est tout sauf harmonieuse. Elle a pour objet l'absolument grand (« sublime mathématique », ex. : le ciel étoilé) ou l'absolument puissant (« sublime dynamique », ex. : l'océan déchaîné). Ces spectacles grandioses contiennent d'abord une dimension effrayante ou écrasante.
- Mais l'être humain se reconnaît porteur de la raison, qui donne la puissance de dominer la nature par la connaissance et la morale. Là encore, Kant nous fait comprendre que l'émotion esthétique est propre à l'être raisonnable et sensible (*Critique de la faculté de juger*, 1790).

3 La valeur spirituelle de l'art

- Dans son *Esthétique* (1821-1829), Hegel accentue le caractère rationnel de l'émotion esthétique en insistant sur la dimension symbolique du sublime et en disant que le beau est la « manifestation sensible de l'idée ».

- L'histoire de l'art égyptien, grec, puis chrétien, témoigne de la façon dont l'esprit se cherche d'abord dans les formes sensibles, prend peu à peu conscience de lui-même et se saisit finalement dans le **concept**. L'art laisse alors place à la philosophie, et l'émotion à la logique (*Esthétique*).

II Un dépassement de la raison

- Au XVIIIe siècle, l'émotion esthétique était plus simplement considérée comme **l'expression d'une « convenance »** entre les sens du spectateur et l'objet, comme on le voit chez Hume (*De la Norme du goût*, 1757) ou Burke (*Sur l'Origine de nos idées du sublime et du beau*, 1757).
- Nietzsche réactualise cette approche pour contrer les interprétations rationalistes et moralisantes de l'émotion esthétique. Un tel plaisir n'est jamais désintéressé, mais représente au contraire **un sentiment d'exaltation et d'intensification de la vie**, qui est transfigurée par l'art.
- L'émotion esthétique tient aussi à **l'effacement des soucis de la vie** dans la contemplation. Selon Bergson, l'artiste possède la capacité rare d'accéder directement aux choses, sans considérer leur utilité, et de rentrer dans les profondeurs de l'âme humaine. En nous faisant partager sa vision, il nous émeut car il agit comme un « révélateur » (*La Pensée et le mouvant*, 1934).
- Merleau-Ponty voit dans l'émotion esthétique une pure ouverture au monde et **un démenti en acte de la rationalité**. Contre la vision froide et objective de la science, l'art magnifie la perception et, par une sorte de magie, nous conduit au cœur des choses, là où le « sentant » et le « sensible » se confondent.

L'ESSENTIEL

L'émotion esthétique résulte…

1. …d'une harmonie entre les facultés (Kant)
2. …d'une manifestation de l'Esprit (Hegel)
3. …d'une convenance entre soi et l'objet (Hume, Burke)
4. …d'un sentiment d'exaltation de la vie (Nietzsche)
5. …d'un accès plus direct aux choses (Bergson, Merleau-Ponty)

Comment la modernité transforme-t-elle la sensibilité des écrivains ?

12

OK

Les bouleversements économiques et sociaux de la Révolution industrielle transforment progressivement le monde. Les écrivains prennent acte de ces évolutions de la sensibilité moderne, et adaptent leur art.

I La subjectivité dans tous ses états

1 Une sensibilité accrue aux évolutions de la société

- À partir du milieu du XIXe siècle, l'évolution des mœurs remet en question l'esthétique romantique. Les écrivains recherchent de nouvelles formes d'expression de la sensibilité. Dans le roman, cela se traduit par un intérêt pour la **description sans idéalisme** des évolutions d'un monde qui change, à travers l'intériorité des personnages.
- Dans *Madame Bovary* (1857), Gustave Flaubert met à mal les rêveries romantiques d'Emma, anachroniques et décalées par rapport à la petite bourgeoisie rurale à laquelle elle appartient. Les **points de vue internes** des différents personnages s'entremêlent, de même que le discours indirect libre du narrateur, souvent très ironique.
- Le **réalisme** tente ainsi de restituer les perceptions, les passions et les pensées telles qu'elles surviennent, sans les embellir ou les idéaliser. Confronté aux milieux corrompus de la presse et de la politique, Georges Duroy, sans scrupules et bien loin du romantisme chevaleresque, fait sienne la loi du plus fort : « Chacun pour soi. La victoire est aux audacieux. Tout n'est que de l'égoïsme. » (Maupassant, *Bel-Ami*, 2e partie, chapitre II, 1885).

2 De nouvelles formes de sensibilité au monde

- Les écrivains portent peu à peu **un nouveau regard** sur des personnages troublés, et sur des sociétés bouleversées par la Révolution industrielle.
- Émile Zola, théoricien du naturalisme, brosse ainsi un tableau accablant des injustices frappant les mineurs du Nord dans *Germinal* (1885) et explore les passions meurtrières reliées à l'hérédité dans *La Bête humaine* (1890).

Mot clé

Le **naturalisme** s'inscrit dans la continuité du réalisme : il cherche à étudier l'individu de manière quasi-scientifique, à travers les relations complexes qu'il tisse avec son milieu social.

- Au contraire, dans un mouvement de repli sur soi, le narrateur d'*À rebours* (J.-K. Huysmans, 1884) se détache de la société et cherche dans les sensations esthétiques les plus rares **un plaisir symbolique**, absolu et inaccessible.

II Une fascination pour un monde changeant

1 L'évolution des goûts esthétiques

- Le monde moderne, avec ses évolutions politiques et son individualisme, **bouleverse le rapport à l'art**. La sensibilité des écrivains s'enrichit des mouvements changeants de la modernité : « Il faut être absolument moderne », proclame Arthur Rimbaud à la fin d'*Une saison en enfer* (1873).
- Charles Baudelaire propose, dans *Les Fleurs du mal* (1857), **d'extraire la beauté des réalités les plus triviales** : son « alchimie » poétique transforme la « boue » en « or ». Les sensations produisent de multiples « correspondances » symboliques permettant d'accéder à un nouvel Idéal.
- Au XXe siècle, Francis Ponge publie *Le Parti pris des choses* (1942), qui célèbre dans des poèmes en prose l'insoupçonnée beauté des choses les plus banales, comme le cageot, le pain ou l'huître.

2 Les transformations de l'espace urbain

- La modernité apporte avec elle son lot de **nouvelles thématiques**. Ainsi, la **ville** fascine par son dynamisme et sa grandeur, mais aussi par l'aliénation qu'elle fait subir aux personnes qui la peuplent : en témoigne la terrible misère ouvrière des personnages de Zola dans *L'Assommoir* (1877).
- L'espace urbain, en plein développement, devient **un sujet poétique à part entière** chez Baudelaire et Apollinaire. Dans le diptyque des *Campagnes hallucinées* (1893) et des *Villes tentaculaires* (1895), Émile Verhaeren montre avec force comment la ville s'étend peu à peu, englobant et dévorant les espaces qui l'entourent.

L'ESSENTIEL

Une sensibilité renouvelée

→ **Un nouveau regard sur le monde**
- remise en question de l'esthétique romantique
- réalisme et naturalisme

→ **De nouveaux sujets**
- le trivial
- l'espace urbain

ŒUVRE CLÉ • Virginia Woolf, *Les Vagues*

13

☐ OK

Publiée en 1931, cette œuvre inclassable, emblématique de la modernité littéraire, explore la sensibilité complexe de six personnages en quête de sens.

I Une pluralité de voix

1 Des lignes de vie

- Ni roman, ni théâtre, ni poésie en prose, l'œuvre est considérée par l'autrice elle-même comme un « *play-poem* », un « poème dramatique ».
- L'on y suit le destin de six personnages, de leur enfance à la fin de leur vie. Les neuf chapitres sont introduits par des interludes narratifs décrivant métaphoriquement divers moments de la journée, de l'aurore au couchant.
- Chaque personnage s'accomplit dans son propre caractère, déterminé depuis l'enfance : Neville, à la recherche d'un ordre esthétique sublime, devient un écrivain à succès ; Jinny se dévoue à la beauté physique et au désir sensuel ; Rhoda se voit comme une figure spectrale, inadaptée au monde – jusqu'au suicide.

2 Une œuvre chorale

- Virginia Woolf bouscule les codes hérités du roman du XIXe siècle. Les longs soliloques juxtaposés des personnages permettent d'accéder à leur intériorité, quasiment sans aucune instance narrative.
- Les prises de parole sont fragmentées ; les personnages apparaissent et disparaissent comme le va-et-vient des vagues qui donnent son titre à l'œuvre. Les dîners à Hampton Court (ch. 4 et 8) sont des moments de tension puis de communion entre les personnages, qui semblent se confondre pour ne plus faire qu'un, « pétales » d'une même fleur symbolique.
- Les voix ne cessent de se tresser jusqu'au chapitre 9, long soliloque réflexif de Bernard face à un invité muet qui pourrait représenter le lecteur lui-même.

À noter

Ces **soliloques** sont une variation sur le procédé littéraire du « flux de conscience » présent dans les monologues intérieurs d'*Ulysse* (James Joyce, 1922) ou de *Mrs Dalloway* (Virginia Woolf, 1925).

II Une plongée dans l'intériorité

1 Des sensibilités troublées

- Il s'agit pour l'autrice de capturer des « **moments d'être** » à travers le langage, malgré les difficultés des personnages à se définir tels qu'ils sont et à percevoir le monde qui les entoure ; il faut se faire « immensément réceptif » (ch. 9).

- Les personnages sont hantés par des souvenirs d'enfance, **traumatismes ineffaçables** qui refont surface, inspirés de la psychanalyse freudienne. L'image du pommier s'impose à Neville comme un « obstacle incompréhensible » ; pour Rhoda, il s'agit du souvenir d'une flaque d'eau « grise et cadavérique », symbole d'engloutissement.

- Les **impressions visuelles** restent souvent indéchiffrables, comme cet « aileron dans le désert des eaux » perçu par Bernard, impossible à prendre aux rets du langage. Le personnage se prend à rêver d'une langue nouvelle faite « de mots interrompus, de mots inarticulés » capables de décrire subjectivement le monde.

2 Des personnages confrontés à l'absence

- L'œuvre entière est hantée par la présence centrale, puis l'absence, d'**un septième personnage totalement muet**, Percival, qui part pour les Indes.

- À l'annonce de sa mort accidentelle (ch. 5), ses amis prennent conscience de **la fragilité de la vie humaine**. L'utilisation constante d'un présent très lyrique, à tonalité élégiaque, renforce la déploration.

> **À noter**
> Les critiques ont noté des similitudes entre le personnage fantomatique de Percival et Thoby Stephen, le frère aîné de Virginia Woolf, mort en 1906 à l'âge de 26 ans.

- L'œuvre se clôt sur **un défi à la mort** : « Contre toi je me jetterai, invaincu et inébranlable, ô Mort ! » Mais les vagues continuent inexorablement de « se briser sur le rivage », sourdes aux affres des humains.

L'ESSENTIEL

Une œuvre novatrice

- **Un roman choral**
  - destins croisés de six personnages
  - soliloques juxtaposés
- **Des individualités sensibles**
  - saisie de « moments d'être »
  - souvenirs et traumatismes qui refont surface

Quiz EXPRESS 14

Avez-vous bien révisé les fiches 8 à 13 ? On vérifie !

Les expressions de la sensibilité

1 De la sensibilité romantique à la sensibilité moderne

▶ FICHES 8 ET 12

Vrai ou faux ?	Vrai	Faux
a. Les écrivains du mouvement réaliste proposent une description idéalisée du réel.	☐	☐
b. La poésie de la modernité ne s'intéresse qu'à la nature.	☐	☐
c. Le naturalisme propose une approche scientifique de l'humain.	☐	☐

2 Exprimer l'intime

▶ FICHES 9, 10 ET 13

1. Quel(s) procédé(s) permet(tent) d'exprimer la subjectivité ?

☐ a. le point de vue interne ☐ b. l'ellipse

☐ c. le monologue intérieur

2. Bergson compare les mots à des « étiquettes » car :

☐ a. ils collent aux sentiments

☐ b. ils indiquent la valeur des sentiments

☐ c. ils sont simplificateurs

3 L'émotion esthétique

▶ FICHE 11

1. Selon Kant :

☐ a. Le beau, c'est ce qui séduit l'œil.

☐ b. Le beau doit être distingué de l'agréable.

☐ c. Le beau, c'est ce qui dérange le spectateur.

2. Pour Merleau-Ponty, la cause de l'émotion esthétique est :

☐ a. une convenance entre nous et l'objet

☐ b. un accès plus direct aux choses

☐ c. une harmonie des facultés

CORRIGÉS

1 De la sensibilité romantique à la sensibilité moderne

a. **Faux.**
Au contraire, les écrivains du mouvement réaliste cherchent à décrire le réel avec objectivité.

b. **Faux.**
De nouvelles thématiques apparaissent, comme les transformations de l'espace urbain.

c. **Vrai.**
L'humain est appréhendé dans son milieu social et son hérédité familiale.

2 Exprimer l'intime

1. **Réponses a et c.**
Virginia Woolf use notamment du monologue intérieur dans *Les Vagues*, pour faire pénétrer le lecteur dans l'intériorité des différents personnages.

2. **Réponse** c.
Selon Bergson, les mots ne parviennent à exprimer que ce qu'il y a de plus impersonnel et de plus général dans nos sentiments.

Citation

« Nous ne saisissons de nos sentiments que leur aspect impersonnel, celui que le langage a pu noter une fois pour toutes parce qu'il est à peu près le même dans les mêmes conditions, pour tous les hommes. » (Bergson)

3 L'émotion esthétique

1. **Réponse b.**
Le beau se distingue de l'agréable car il prétend à une valeur universelle.

2. **Réponse b.**
Pour Merleau-Ponty, l'art nous conduit au cœur des choses. La réponse **a** renvoie à la pensée de Hume et de Burke ; la réponse **c** à celle de Kant.

*FLASH***CARDS**

15

Mémorisez les idées clés des fiches 8 à 13.

Les expressions de la sensibilité

1

Quel mouvement littéraire accorde la part belle à l'expression des sentiments personnels ?

▶ FICHE 8

2

Qu'est-ce que Musset appelle le « mal du siècle » ?

▶ FICHE 8

3

Qu'est-ce qu'un monologue intérieur ?

▶ FICHE 9

4

Quelle est la particularité des phrases de Marcel Proust ?

▶ FICHE 9

5

Citez deux philosophes qui ont vu dans la sympathie la source de la moralité.

▶ FICHE 10

6

Le jugement esthétique peut-il être objectif ?

▶ FICHE 11

7

Quelles sont les deux formes de sublime selon Kant ?

▶ FICHE 11

8

Citez deux auteurs qui cherchent à saisir la beauté insoupçonnée de la banalité.

▶ FICHE 12

RÉPONSES

Efforcez-vous de répondre aux questions par vous-même avant de consulter les réponses, puis révisez régulièrement pour bien mémoriser.

2

« Mal du siècle » : sentiment de n'être pas à sa place dans un contexte social et historique décevant.

1

Il s'agit du **romantisme**, qui mobilise les ressources du lyrisme.

4

Proust est célèbre pour ses très longues phrases (appelées périodes), qui épousent les méandres de la sensibilité.

3

Monologue intérieur : forme narrative qui permet de retranscrire, comme au théâtre, le flux des pensées d'un personnage.

6

Non : le **jugement esthétique** n'étant fondé sur aucun critère indiscutable, mais seulement sur une sensation, il est par définition subjectif.

5

Sympathie comme source de la moralité : Smith et Hume (XVIIIe siècle).

8

Auteurs qui ont cherché à saisir la **beauté du banal** : Baudelaire, Ponge...

7

Les deux formes de **sublime** selon Kant :

- sublime mathématique, face à l'absolument grand ;
- sublime dynamique, face à l'absolument puissant.

Qu'est-ce que le moi ?

16

☐ OK

La tradition qui associe le « moi » à l'esprit, support des pensées, tombe dès le XIXe siècle sous les coups de la philosophie du soupçon. C'est pour le moi sinon une disparition, du moins une métamorphose.

I Un noyau immatériel

- Le « moi » est la forme substantivée d'un pronom traduisant le latin *ego*, « je », « moi ». Son affirmation est traditionnellement rattachée à Descartes, qui le rapporte à l'esprit ou « substance pensante » : le moi est le support des pensées, par lequel je reste celui ou celle que j'ai conscience d'être en dépit des changements qui affectent mon corps.

Citation

« Ce moi, c'est-à-dire l'âme par laquelle je suis ce que je suis » (Descartes, *Discours de la méthode*, 1637)

- Schopenhauer reconnaît lui aussi « un noyau de notre être qui n'est pas dans le temps », mais il le situe dans la volonté et le caractère plutôt que dans la conscience qui laisse échapper tant de souvenirs. La persistance de l'identité se manifeste dans le « regard », auquel on reconnaît infailliblement une personne même après des années (*Le Monde comme volonté et comme représentation*, 1819-1859).

Mot clé

Du latin *idem*, « même », **l'identité** désigne le caractère unique et permanent de la personne en dépit de ses changements

II Une fiction

- Constater l'existence *de la pensée* ne permet pas de conclure à celle *d'une chose qui pense*. À bien observer en soi-même, on ne trouve qu'un flux ininterrompu d'impressions et de sensations – une « rhapsodie de perceptions », dit Hume – mais aucun principe fixe qui en serait le support : « nous n'avons aucune idée du moi » (*Traité de la nature humaine*, 1739-1740).

- Pour Nietzsche, l'emploi du pronom « je » nourrit une « illusion grammaticale ». Notre confiance spontanée dans la grammaire nous pousse à introduire, dans ce flux du devenir et des apparences, l'idée d'un sujet comme support stable des pensées : « On a inventé le sujet, le moi » (*La Volonté de puissance*, 1886).

- La philosophie du sujet est également contestée par le marxisme puis le structuralisme, où le moi est reconnu comme **le produit de multiples influences** sociales et culturelles. De fait, on parle bien aujourd'hui de nos « identités mêlées » dans le contexte d'une société multiculturelle.

III Une instance en construction

- Inventeur de la psychanalyse, Freud réduit le moi à une mince partie de l'esprit chargée de **ménager la relation entre monde intérieur et monde extérieur**. La deuxième topique distingue le *moi*, partie consciente de la personnalité, le *ça*, réservoir des pulsions inconscientes, et le *surmoi* qui se constitue sous l'influence de l'éducation.

> **Mot clé**
> Du grec *topos*, « lieu », les **topiques** sont des schémas dans lesquels Freud présente les différentes instances du psychisme. Il formule la première vers 1900 et la seconde vers 1920.

- « Le moi n'est pas maître dans sa propre maison » : sommé de satisfaire trois tyrans aux exigences incompatibles, le moi est constamment menacé d'angoisse (« réelle » devant le monde extérieur, « morale » devant le surmoi, « névrotique » devant le ça). Le but de la psychanalyse est de **renforcer ce moi au départ bien fragile** (*Nouvelles conférences d'introduction à la psychanalyse*, 1932).

- Pour Ricœur, les trois « maîtres du soupçon » que furent Marx, Nietzsche et Freud ont fait éclater l'unité et l'assurance du *cogito* cartésien. Mais l'histoire du moi ne se réduit pas pour autant à celle d'un déclin : si l'identité n'est pas donnée d'emblée, elle peut être construite par un sujet fragile, certes, mais capable d'agir, d'assumer, de se raconter, d'où le concept d'**« identité narrative »** (*Temps et récit*, 1983-1985).

L'ESSENTIEL

Les métamorphoses du moi

1. Conscience, raison (Descartes)
2. Caractère, volonté (Schopenhauer)
3. Illusion psychologique ou grammaticale (Hume, Nietzsche)
4. Reflet de la réalité sociale (Marx, structuralisme)
5. Identité à construire (Freud, Ricoeur)

Comment faire le récit de soi-même ?

17

☐ OK

Longtemps a prévalu un certain désintérêt voire une méfiance vis-à-vis de l'attention accordée à l'individu. Le « sot projet de se peindre », si critiqué par Blaise Pascal au XVIIe siècle, a pourtant depuis tenté bien des écrivains, et ce dans des formes multiples.

I Tenter un récit sincère

1 Raconter sa vie

- L'essor du genre autobiographique coïncide avec l'émergence de l'individu, favorisée par les Lumières. Rousseau, le premier, conscient de l'originalité de son projet, entend dans ses *Confessions* (1782-1789) se peindre « dans toute la vérité de sa nature », en fouillant l'intime jusqu'à la transparence. Cette âme singulière serait la mieux placée pour se connaître : « Je sens mon cœur ».

- Dans *Le Pacte autobiographique* (1975), Philippe Lejeune explique que l'auteur, qui est aussi le narrateur et le personnage principal du récit, s'engage vis-à-vis du lecteur à être sincère.

Mot clé

Lejeune définit **l'autobiographie** comme un « récit rétrospectif en prose qu'une personne réelle fait de sa propre existence, lorsqu'elle met l'accent sur sa vie individuelle, en particulier sur l'histoire de sa personnalité ».

2 S'élucider

- Écrire sur soi consiste à s'élucider, en adoptant un regard rétrospectif. Dans *Lambeaux* (1995), Charles Juliet cherche d'abord à reconstituer le destin tragique d'une mère qu'il n'a jamais connue. L'enquête biographique, puis la démarche introspective, lui permettent de mieux se comprendre et s'accepter lui-même.

- Raconter sa vie, c'est souvent insister sur le rôle décisif de l'enfance dans la construction individuelle. Dans *La Promesse de l'aube* (1956), Romain Gary montre, avec humour et parfois fantaisie, comment il s'est hissé à la hauteur des ambitions de sa mère : « Tu seras un héros, tu seras général, Gabriele D'Annunzio, ambassadeur de France ! ». Gary pose ainsi un regard attendri sur son enfance, marquée par une figure maternelle forte.

II Se confronter aux limites de la connaissance de soi

- Bien des auteurs jettent le doute sur la possibilité de **saisir une image cohérente et objective de soi**. Entre les failles de la mémoire, la tentation de camoufler plus ou moins consciemment la vérité, les difficultés à se mettre en récit (toute forme déforme), les biais sont nombreux.
- Le « moi » **résiste parfois à l'analyse**. Dans sa *Vie de Henry Brulard* (posthume), journal autobiographique, Stendhal s'engage dans une démarche introspective mais se déclare, perplexe, incapable de répondre de manière satisfaisante et définitive à la question « Qui suis-je ? ».
- Trouver la vérité de son être n'est pas chose aisée. Dans les *Mémoires d'Hadrien* (1951), Marguerite Yourcenar s'appuie sur la figure historique d'un empereur soucieux d'écrire sa vie avant de mourir. Hadrien renonce à trouver une unique vérité : l'être humain est **insaisissable et pétri de contradictions**.

III Exploiter les possibilités de la littérature

- Le « moi » se livre parfois **par éclats, de manière discontinue**. Victor Hugo conçoit son recueil de poèmes *Les Contemplations* (1856) comme des « Mémoires d'une âme », reflet d'une vie donnée à voir par bribes, autour d'une césure : le décès de sa fille Léopoldine.
- Au XXe siècle, des auteurs renouvellent le genre autobiographique : Nathalie Sarraute, dans *Enfance* (1983), lui donne la forme d'un **dialogue** qui permet de montrer comment les souvenirs se forment, se déforment, se conservent, et peuvent être ramenés à la conscience.
- Des formes hybrides, mêlant autobiographie et fiction, permettent la **recréation romanesque de soi**. Georges Perec, dans *W ou souvenir d'enfance* (1975), utilise le détour de la fiction pour dire un « moi » qui pense avoir tout oublié d'une enfance dévastée par la Seconde Guerre mondiale.

L'ESSENTIEL

L'effort de se dire	Une démarche délicate
introspection	failles de la mémoire
sincérité	un « moi » parfois opaque
travail de mise en forme	dévoilement douloureux

Comment l'expérience du monde façonne-t-elle le moi, en littérature ?

18

☐ OK

Le « moi » se nourrit des expériences successives, parfois matricielles, qu'il traverse. Cette perpétuelle transformation passionne les écrivains.

I Des aventures qui forgent

1 Se trouver une place dans le monde

- **Sortir de son milieu** pour mieux s'épanouir : c'est le parcours personnel que transpose André Gide dans son récit *L'Immoraliste* (1902). Un convalescent homosexuel renaît à lui-même lors d'un séjour en Afrique du nord, en découvrant des plaisirs charnels réprouvés par la morale puritaine de son milieu d'origine.

- Le voyage est aussi **une quête intérieure**, qui conduit à voir le monde avec plus d'acuité. Pour Nicolas Bouvier, écrivain voyageur, le voyage fait éprouver une plénitude difficile à saisir par les mots, mais aussi une « sorte de réduction » qui va jusqu'à la disparition du moi.

> **Citation**
>
> « On croit qu'on va faire un voyage mais bientôt, c'est le voyage qui vous fait, ou vous défait. » (Nicolas Bouvier, *L'Usage du monde*, 1963)

- **Se confronter au monde** pour y trouver une place, avec tout l'élan de la jeunesse : c'est ce que tentent les adolescents de *Corniche Kennedy* (Maylis de Kerangal, 2008) en multipliant des plongeons réalisés au péril de leur vie, « dans un soulèvement général [...] du monde qui palpite en eux ».

2 Une confrontation stimulante à l'altérité

- Nos manières de percevoir le monde et de l'habiter sont influencées par des **choix de vie singuliers**. Dans *Terre des hommes* (1937), Saint-Exupéry raconte comment il s'est « mu[é] en homme » en devenant aviateur. Le pilote, âme d'élite confrontée à des risques multiples, déclare qu'« il n'est qu'un luxe véritable, et c'est celui des relations humaines ».

- Le moi peut ainsi s'enrichir en découvrant **d'autres manières d'être** ▶ FICHE 3. La nouvelle « Gens des nuages » (Le Clézio, 1997) rend hommage aux nomades marocains, à leur liberté inaliénable, à leur rapport authentique au monde qui contraste avec le mode de vie occidental étriqué.

- Une rencontre peut **métamorphoser un être**. Michel Tournier, dans *Vendredi ou les Limbes du Pacifique* (1967), raconte l'évolution d'un Robinson imbu de sa supériorité, échoué sur une île ; un autochtone l'ouvre à la vie sauvage et lui permet de retrouver son innocence première.

II Le « moi » fragilisé par le monde

1 Le poids des autres

- Le moi subit plus ou moins **l'influence de son entourage proche** – parfois à ses dépens. Annie Ernaux, dans *La Femme gelée* (1987), pose un regard quasi-sociologique sur le destin empêché d'une jeune femme qui vit son mariage comme un amenuisement de soi.
- L'écrivain s'intéresse au **moment où l'individu se choisit**. Dans *Les Mots* (1964), récit autobiographique centré sur son enfance, J.-P. Sartre tente d'éclairer les origines de sa « névrose » littéraire ; il confesse avec ironie combien il s'est efforcé, jeune, de tenir le rôle attendu par les adultes pour leur plaire.
- Se construire suppose de **s'arracher à des pesanteurs aliénantes**. Dans son récit *En finir avec Eddy Bellegueule* (2014), Édouard Louis montre comment il a cherché à s'extraire de la violence qui s'abat sur ceux qui comme lui, homosexuel, subissent des discriminations.

2 Des expériences traumatisantes

- Un **épisode traumatique** peut faire basculer une existence. Albert Cohen, dans son récit *Ô vous frères humains* (1972), raconte comment il a été victime, à dix ans, d'insultes antisémites en pleine rue. À 77 ans, l'écrivain rend sensible la détresse de l'enfant qu'il était, marqué à vie.
- L'écriture met au jour des schémas structurant la perception du monde, forgée à partir d'**événements fondateurs**. Michel Leiris poursuit ainsi sa cure psychanalytique par la rédaction de *L'Âge d'homme* (1939) ; y émergent ses obsessions, parfois liées à des traumatismes d'enfance.

L'ESSENTIEL

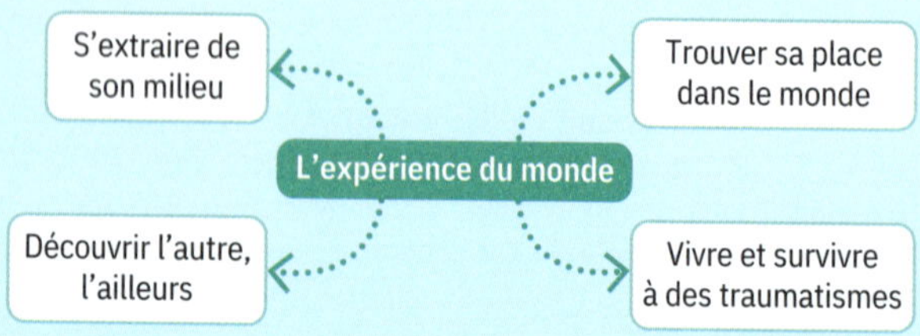

Suis-je étranger à moi-même ?

19

☐ OK

Cette question surprend car je suis *a priori* le ou la mieux placée pour me connaître. Pourtant, savoir qui l'on est et l'assumer peut relever d'un travail long et difficile.

I L'individu séparé de lui-même

1 Le moi inconnu

- La psychanalyse a démontré que les renseignements fournis par la conscience sont fragmentaires et inexacts ▶ FICHE 21. L'expérience le confirme : on peut parfois perdre le contrôle de soi-même, ou commettre des actes dans lesquels on ne se reconnaît pas.
- Mais déjà la conscience réflexive crée un décalage entre l'idée que j'ai de moi-même et l'individu que j'observe. S'interrogeant sur lui-même, Augustin avoue : « je suis devenu pour moi-même une énigme » (*Confessions*, 400).

Mot clé

La **conscience réflexive** désigne le fait de pouvoir s'observer soi-même, comme on observe l'image de soi renvoyée par un miroir.

2 L'aliénation

- Du latin *alienus*, « étranger », l'aliénation désigne un processus par lequel l'individu est séparé de lui-même. En ce sens, l'ignorance de soi est aliénante.
- Feuerbach note que l'être humain ne s'attribue pas ses propres qualités. Mais comme il en a confusément conscience, il les projette dans un être extérieur à lui et le nomme « Dieu ». C'est pourquoi la théologie doit laisser place à l'anthropologie (*L'Essence du christianisme*, 1841).
- Marx étend le concept d'aliénation au monde du travail : en raison de leurs conditions de travail, les hommes sont non seulement exploités mais séparés d'eux-mêmes, car ils ne peuvent se reconnaître dans leur propre activité.

II L'étrangeté de la condition humaine

1 Folie et angoisse

- La folie est caractérisée comme « aliénation mentale » par la psychiatrie du XIXe siècle. La personne malade est tenue pour gravement étrangère à elle-même dans la mesure où elle ne sait plus qui elle est ni dans quel monde elle se trouve. Au nom de ce principe, elle doit être prise en charge par la société.

- Cependant, la non-coïncidence à soi et au monde est inscrite dans la condition humaine elle-même. Kierkegaard évoque une quête de soi menée dans la solitude, le désespoir et l'angoisse. Les grands systèmes philosophiques n'offrent pas de réponse à cette « difficulté d'être » : délaissant l'existence, ils « nous laissent à nous autres, hommes, le pire à digérer » (*Miettes philosophiques*, 1846).

Citation

« Ce qui me manque, au fond, c'est de voir clair en moi, de savoir ce que je dois faire et non ce que je dois connaître. » (Kierkegaard)

2 Le risque de l'absurde

- Selon Heidegger, la temporalité dans laquelle s'inscrit l'existant humain le voue à ne jamais coïncider avec soi-même : constamment en train de se projeter en avant de lui-même, le Dasein est « soucieux » dans son être quotidien et « angoissé » lorsqu'il anticipe sa propre mort (*Être et temps*, 1927). Une telle perspective menace l'existence d'absurdité.

Mot clé

Du latin *ex-sistere*, **exister** peut s'interpréter comme « sortir de soi », « se projeter en avant de soi », et donc être en dehors de soi.

- Le fait que nous ne soyons jamais tout à fait ce que nous sommes en train de devenir signifie selon Sartre que « l'existence précède l'essence » : je n'ai pas d'identité fixée au préalable, je suis constamment en train de m'inventer par mes choix. Mais comme cette liberté est angoissante, nous avons tendance à réagir avec « mauvaise foi » et à nous enfermer dans des rôles auxquels nous nous identifions exagérément, tel le garçon de café décrit dans *L'Être et le néant* (1943).

L'ESSENTIEL

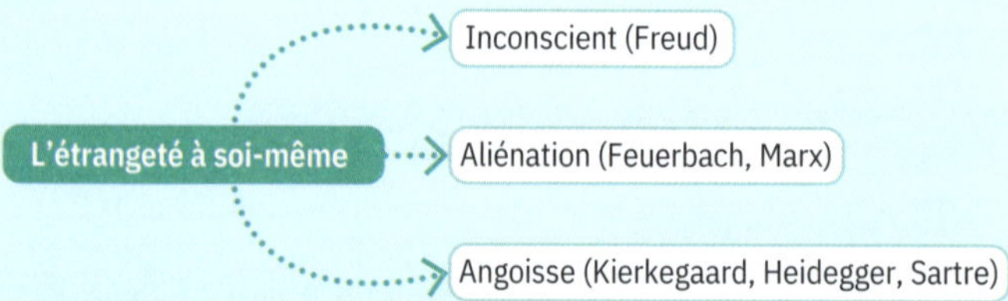

Que révèle la littérature des troubles du moi ?

20

☐ OK

Mouvant, le « moi » fascine : l'intérêt croissant pour la singularité de l'individu et les découvertes liées au psychisme marquent profondément la littérature, fascinée par des personnalités complexes.

I Littérature et psychologie

1 Des « moi » qui échappent

- Fasciné par la psychologie, Stefan Zweig explore dans *Le Joueur d'échecs* (1943, posth.) les **zones troubles du psychisme** d'un Autrichien victime du nazisme, qui, isolé jusqu'à perdre pied, a vu dans le jeu d'échecs une voie de salut, jouant mentalement contre lui-même.

- Certains personnages deviennent des cas d'étude pour arpenter les **ressorts secrets de la conscience**. L'héroïne insaisissable du *Ravissement de Lol V Stein* (Duras, 1964) bascule dans la folie après son abandon par son fiancé, lors d'un bal qui lui a comme ravi son identité.

> **À noter**
> Le psychanalyste **Lacan** salue la force du récit de Duras : « elle s'avère savoir sans moi ce que j'enseigne ».

2 Des « moi » fragilisés, ébranlés

- Souvent opaque à lui-même, le moi s'expérimente comme **multiple, discontinu** dans la poésie de Nerval, qui explore des identités autres, parfois fantasmées : « Je suis le ténébreux, le veuf, l'inconsolé » (« El Desdichado », *Les Chimères*, 1854).

- Les **troubles de la personnalité** fascinent : dépossédé de lui-même, le personnage incarne alors à l'extrême la tendance du moi à se métamorphoser. Dans *La Métamorphose* (Kafka, 1915), Gregor Samsa se réveille en insecte répugnant, traité comme un parasite par sa propre famille.

> **À noter**
> Dans sa comédie de mœurs *Zelig* (1983), Woody Allen se concentre sur l'**identité instable** du héros, véritable « caméléon humain » qui tâche de se réapproprier son moi.

- Dans des situations extrêmes, **l'identité s'effondre**. À travers la figure trouble de Jacques, un amnésique, Jean Anouilh explore la possibilité fantasmatique pour un moi de renoncer à un passé jugé indécent, pour se recréer une identité à sa mesure (*Le Voyageur sans bagage*, 1937).

II Le mystère des personnalités troublées

1 La volonté de comprendre

- Chef de file du naturalisme, Zola cherche à **comprendre la « machine humaine »**. Dans *La Bête humaine* (1890), il fouille l'intériorité de Jacques Lantier, en proie à des pulsions meurtrières déclenchées par son désir sexuel.

- Emmanuel Carrère, dans *L'Adversaire* (2000), raconte l'enquête qu'il a menée pour **élucider la personnalité complexe** du meurtrier J.-C. Romand, qui a éliminé ses proches de peur qu'ils ne découvrent sa double vie. Pendant sept ans, l'auteur est animé par la volonté opiniâtre de comprendre ce qui a pu faire basculer cet homme dans la monstruosité.

> **À noter**
> Les écrivains **naturalistes** ont des ambitions scientifiques : ils cherchent à étudier les déterminismes sociaux en s'intéressant notamment au rôle de l'hérédité.

2 L'exploration des lisières de la folie

- La littérature peut interroger la santé mentale de personnages qui s'égarent dans la **folie**. Le héros du « Horla », nouvelle fantastique de Maupassant (1887), se croit persécuté par une créature impalpable dont l'existence reste jusqu'au bout sujette à caution…

- L'individu n'est **ni libre** (ses désirs le meuvent) **ni transparent à lui-même** ▶ FICHE 19 ; c'est ce que montre R. L. Stevenson dans *L'Étrange cas du Dr Jekyll et de Mr Hyde* (1886). Il donne corps à un « moi » double, tiraillé entre des aspirations contradictoires : un « moi » respectable conforme aux attentes de la société victorienne, et un « moi » caché, soumis à ses pulsions dévastatrices. D'une grande force symbolique, ce récit fantastique préfigure les découvertes de la psychanalyse ▶ FICHE 21.

L'ESSENTIEL

La littérature face aux troubles du moi
- → Révéler le poids des traumatismes
- → Explorer la fragilité de l'identité
- → Expliquer l'inexplicable (folie, pulsions meurtrières…)

ŒUVRE CLÉ • Sigmund Freud, *Sur le rêve*

21

☐ OK

Publié en 1901, *Über den Traum* offre un résumé très accessible de *L'Interprétation du rêve* (1900). Dépassant la question du rêve, Freud y promeut la psychanalyse comme moyen de mieux se connaître.

I L'énigme des rêves

1 La clé des songes

- Le contenu des rêves est souvent confus voire absurde. Mais les humains n'ont jamais renoncé à **en trouver le sens caché**, à l'image des Anciens qui y voyaient des messages divins ou des présages (chap. 1).
- À l'aube du XXᵉ siècle, Freud en propose une explication sur la base de la **psychanalyse**, dont il est l'inventeur. Définie comme une « psychologie des profondeurs », elle dévoile les mécanismes inconscients de notre esprit et propose une pratique thérapeutique.

2 Rêve et désir

- Le rêve satisfait des désirs (chap. 9) et constitue en ce sens le **« gardien du sommeil »** contre les excitations qui pourraient le perturber (chap. 11). Son contenu est énigmatique lorsque le désir ne peut pas s'y présenter comme tel parce qu'il est refoulé : censuré car interdit ou honteux, il serait susceptible de provoquer le réveil s'il apparaissait en toute clarté au rêveur.
- Ainsi, une jeune femme voit en rêve le second enfant de sa sœur mort dans son berceau. L'analyse révèle qu'une scène analogue a déjà été vécue lors de la mort du premier enfant, or ce drame avait été l'occasion d'un rapprochement avec l'homme qui lui est interdit mais qu'elle ne peut s'empêcher d'aimer. La mise au premier plan de l'événement tragique dans le rêve a **masqué la réalisation du désir**.

> **Citation**
> « Le rêve doit être obscur pour ne pas trahir les pensées du rêve honnies. »

- Le **refoulement** par lequel des pensées sont repoussées et maintenues en dehors de la conscience n'est possible que par un effort permanent. Son relâchement pendant le sommeil est propice à une **baisse de la censure** et au retour de ces pensées sous une forme déguisée. C'est pourquoi Freud parle du rêve comme d'une **« formation de compromis »** (chap. 10).

II L'interprétation des rêves

1 La psychanalyse à l'œuvre

- La méthode des « **libres associations** » permet d'interpréter les rêves. Elle consiste à dire tout ce qui vient à l'esprit, sans restriction ni censure, en partant d'un élément du rêve. Les chaînes associatives formées permettent alors de remonter à l'inconscient du rêveur (chap. 2) et de mieux comprendre qui il est et ce qu'il désire.

- Freud schématise le fonctionnement de l'esprit avec sa « première topique » (chap. 10). Celle-ci distingue la **conscience** (dont les contenus sont immédiatement accessibles), le **préconscient** (accessible par un effort de concentration ou de mémoire) et l'**inconscient** (séparé du reste de l'esprit par la barrière du refoulement).

> **Citation**
>
> « L'interprétation des rêves est la voie royale qui mène à la connaissance de l'inconscient dans la vie psychique. »

2 Le travail du rêve

- À l'inverse du travail d'interprétation qui dévoile le « contenu latent », le travail du rêve élabore un « contenu manifeste » (chap. 8) qui en cache le sens. Certes la **dramatisation** met en scène le désir (chap. 3) ; mais la **condensation** concentre sur un seul élément différentes significations (chap. 4), le **déplacement** crée des leurres (chap. 5), la **figuration** rend visibles connexions logiques et concepts abstraits (chap. 6), l'**élaboration secondaire** peaufine le scénario du rêve en lui donnant une belle façade (chap. 7).

- Il est vain de constituer un dictionnaire des rêves : même si certains symboles sont communs au sein d'une même aire culturelle et se retrouvent, par exemple, dans la littérature ou le folklore (chap. 12), les éléments du rêve sont toujours **propres au rêveur** et ne peuvent être interprétés que par lui.

L'ESSENTIEL

« Le schéma fondamental du rêve » (Freud)

« État de refoulement » (désir repoussé par la censure) → « Baisse de la censure » (en raison de l'état de sommeil) → « Formation de compromis » (satisfaction voilée du désir)

Quiz EXPRESS 22

Avez-vous bien révisé les fiches 16 à 21 ? On vérifie !

Les métamorphoses du moi

1 Écrire sur soi

FICHES 16 ET 17

Reliez chaque auteur au choix littéraire fait pour écrire sa vie.

a. Hugo •
b. Perec •
c. Sarraute •
d. Rousseau •
e. Gary •

• f. un dialogue à deux voix
• g. un recueil de poèmes
• h. un mélange d'autobiographie et de fiction dystopique
• i. un récit centré sur l'enfance et les débuts de l'âge adulte
• j. un récit qui se veut sincère

2 La construction du moi

FICHES 18 ET 19

Selon Sartre :

☐ a. L'individu est déterminé par son milieu social.
☐ b. L'individu se forge lui-même, en toute autonomie.
☐ c. L'identité de l'individu est immuable.

3 Les troubles du moi

FICHES 20 ET 21

1. Associez chaque personnage à ce qui malmène son identité.

a. Jacques Lantier (Zola, *La Bête humaine*) •
b. Jacques Renaud (Anouilh, *Le Voyageur sans bagage*) •
c. Le narrateur du *Horla* (Maupassant) •

• d. une amnésie
• e. des pulsions meurtrières
• f. des hallucinations qui confinent à la folie

2. Chez Freud, la première topique distingue :

☐ a. Le ça, le moi et le surmoi.
☐ b. Le moi, le subconscient et l'inconscient.
☐ c. L'inconscient, le préconscient et le conscient.

CORRIGÉS

1 Écrire sur soi

a. g. *Les Contemplations*, recueil que Hugo conçoit comme de véritables « Mémoires d'une âme ».

b. h. *W ou le Souvenir d'enfance*, qui tresse deux récits, entre réel (des souvenirs fragmentés) et imaginaire (l'île de W), ce qui permet à un passé douloureux de s'exprimer.

c. f. *Enfance*, dialogue original entre Nathalie Sarraute et son double critique, qui l'aide à coucher son passé avec justesse et précision.

d. j. *Les Confessions*, récit inédit par son ambition de se peindre sans voile, « dans toute la vérité de la nature ».

e. i. *La Promesse de l'aube*, qui retrace l'enfance de Gary, marquée par une figure maternelle aussi aimante qu'envahissante, jusqu'à l'engagement au combat pendant la Seconde Guerre mondiale.

2 La construction du moi

Réponse b.
Selon Sartre, l'individu s'invente en permanence par ses choix.

Citation

« L'homme, sans aucun appui et sans aucun secours, est condamné à chaque instant à inventer l'homme. » (Sartre, *L'Existentialisme est un humanisme*, 1946)

3 Les troubles du moi

1. a. e. des pulsions meurtrières

b. d. une amnésie

c. f. des hallucinations qui confinent à la folie.

2. Réponse c.
La réponse **a** correspond à la seconde topique.

Les métamorphoses du moi

1

Qu'est-ce que l'identité ?

▶ FICHE 16

2

À quoi s'engage l'auteur, dans un pacte autobiographique ?

▶ FICHE 17

3

Donnez au moins trois difficultés de l'entreprise autobiographique.

▶ FICHE 17

4

Citez deux œuvres qui mettent en lumière le rôle décisif de l'enfance sur l'individu.

▶ FICHE 18

5

Qu'est-ce que l'aliénation ?

▶ FICHE 19

6

Citez au moins deux œuvres littéraires qui explorent les troubles de la personnalité.

▶ FICHE 20

7

Quel est selon Freud le « schéma fondamental » qui conduit à la production des rêves ?

▶ FICHE 21

8

Citez les cinq opérations du travail du rêve selon Freud.

▶ FICHE 21

RÉPONSES

Efforcez-vous de répondre aux questions par vous-même avant de consulter les réponses, puis révisez régulièrement pour bien mémoriser.

1

Du latin *idem* (même), **l'identité** désigne le caractère unique et permanent de la personne en dépit de ses changements.

2

Dans le **pacte autobiographique** (Ph. Lejeune), l'auteur s'engage à faire preuve de sincérité en évoquant sa vie.

4

Exemples d'œuvres mettant en lumière **le rôle de l'enfance** :
- Gary, *La Promesse de l'aube* (1956)
- Cohen, *Ô vous frères humains* (1972)
- Sarraute, *Enfance* (1983)…

3

Difficultés possibles :
- défaillances de la mémoire
- pudeur
- tentation de déformer certains faits
- difficulté à saisir le « moi » par le langage.

6

Exemples :
- Stevenson, *L'Étrange cas du Docteur Jekyll et de Mister Hyde* (1885)
- Kafka, *La Métamorphose* (1915)…

5

Du latin *alienus* (« étranger »), **l'aliénation** désigne un processus par lequel l'individu est séparé de lui-même.

8

Les 5 opérations du **travail du rêve** selon Freud :
1. dramatisation
2. condensation
3. déplacement
4. figuration
5. élaboration secondaire.

7

Schéma qui conduit à la **production des rêves** :
1. refoulement
2. baisse de la censure
3. formation de compromis.

Le progrès n'est-il qu'un mythe ? 24

☐ OK

Solidement ancrée dans l'imaginaire occidental, l'idée de progrès est questionnée au XXe siècle : comment la déconstruction du mythe s'est-elle opérée ?

I Un mythe bien ancré

1 Une lecture de l'histoire

- Le progrès est **l'évolution dans le sens du meilleur** : l'évoquer relève moins d'un constat de fait que d'un jugement de valeur. À la suite du projet de développement infini des sciences et techniques formulé par Descartes (*Discours de la méthode*, 1637) et fondateur de la modernité, l'idée devient une évidence au siècle des Lumières.
- Les grandes philosophies de l'histoire renforcent cette croyance au progrès : Kant en fait un **« fil directeur »** pour nourrir l'espérance (*Idée d'une histoire universelle au point de vue cosmopolitique*, 1784), Hegel tient pour certaine la réalisation progressive de l'Esprit dans l'histoire (*La Raison dans l'histoire*, 1837).

2 L'avènement de l'humain

- L'idée de progrès est au cœur du positivisme et de **la « loi des trois états »** formulée par Comte : l'humanité s'explique d'abord le monde de manière fictive par la religion, puis de manière abstraite par la métaphysique, et enfin de manière réelle par la science (*Cours de philosophie positive*, 1830-1842).

> **Mot clé**
> Fondé par Auguste Comte, le **positivisme** place toute sa confiance dans le progrès de la connaissance.

- De même, Elias décrit une évolution des mœurs éloignant peu à peu l'humain de son animalité initiale (*Sur le Processus de civilisation*, 1939).

II Les remises en question

1 Des voix discordantes

- Contre les encyclopédistes (Diderot, d'Alembert), Rousseau doute de la valeur d'une civilisation qui a brisé l'harmonie naturelle : le progrès technique alimente une **régression morale** (*Discours sur l'origine de l'inégalité*, 1755).

- Face au triomphe du positivisme, Cournot dénonce **le mythe du progrès**, « une sorte de foi religieuse pour ceux qui n'en ont plus d'autre » (*Considérations sur la marche des idées et des événements dans les temps modernes*, 1872).

2 Des conséquences terribles

- De la boucherie des tranchées à la bombe atomique, les deux guerres mondiales ont mis la science et la technique au service du plus grand carnage de l'histoire. C'est au nom d'une **idéologie du progrès** que les systèmes totalitaires prônaient l'élimination de ceux qui font obstacle au mouvement de l'histoire (Arendt, *Le système totalitaire*, 1951) ▶ FICHE 31.

- C'est également sous ce prétexte qu'on a colonisé certains peuples abusivement qualifiés de « primitifs ». L'anthropologue Claude Lévi-Strauss affirme dans *Race et histoire* (1952) que le progrès n'existe pas : il faut **penser les cultures en termes de diversité** et non pas en termes d'évolution, car aucun peuple n'est plus avancé qu'un autre.

> **Citation**
> « Un peuple primitif n'est pas un peuple arriéré ou attardé. » (Lévi-Strauss)

3 Une quête illusoire

- Heidegger voit dans l'idée de progrès **une illusion propre au monde moderne**, qui fait de l'homme une « bête de labeur [...] abandonnée au vertige de ses fabrications » (*Essais et conférences*, 1954).
- Il dénonce **« l'impératif de progrès »** qui domine la société moderne et qui confine à l'absence de pensée. Une telle frénésie n'a selon lui d'autre sens que de nous enfermer dans un mode d'existence inauthentique pour nous masquer la fragilité de l'existence.

L'ESSENTIEL

Le mythe du progrès... →
- révolution scientifique moderne (Descartes)
- philosophie des Lumières (Diderot, Condorcet)
- philosophies de l'histoire (Kant, Hegel)
- positivisme (Comte)

... et sa déconstruction →
- voix discordantes (Rousseau, Cournot)
- guerres mondiales, totalitarismes, colonisation (Arendt, Lévi-Strauss)
- frénésie technique (Heidegger)

Qu'est-ce que la modernité en art ?

25

☐ OK

Au XXe siècle, les bouleversements politiques et sociétaux, mais aussi des inventions et découvertes diverses, poussent l'art à se renouveler, souvent en rupture avec la tradition.

I Un profond désir de renouvellement

1 « L'esprit nouveau »

- À partir des années 1860, l'art moderne renonce aux canons esthétiques de l'art classique : il n'est plus question de rechercher l'harmonie, le beau idéal, la perfection, ni d'être dans un rapport mimétique au réel. La subjectivité de l'artiste, l'originalité des sujets et des formes gagnent en importance.
- Le début du XXe siècle poursuit à bien des égards le mouvement de renouvellement impulsé par le XIXe siècle. Dans son manifeste *L'Esprit nouveau* (1917), Apollinaire loue la nouvelle attitude créatrice, faite d'inventivité et d'audace, qui caractérise la Belle Époque. « Pour le peintre, pour le poète, pour les artistes [...], chaque œuvre devient un univers nouveau avec ses lois particulières » (1908, *Catalogue de l'exposition Braque*).
- L'art académique est désormais perçu comme conventionnel, démodé. Certains envisagent la modernité comme une rupture forte avec la tradition. Les écrivains se dégagent des formes poétiques conventionnelles. Des poètes suppriment la ponctuation, explorent de nouveaux types de vers et optent pour des dispositions graphiques originales (Apollinaire, *Calligrammes*, 1918).

2 Une époque trouble, propice aux ruptures

- L'époque voit se multiplier les expérimentations, portées par des avant-gardes plus ou moins radicales.
- En pleine Première Guerre mondiale, le Suisse Tristan Tzara initie le mouvement anticonformiste « Dada », qui tourne en dérision la société bourgeoise, la raison et la civilisation qui n'ont pas su empêcher les carnages. Provocateur, « Dada » rejette le sens et le bon goût au profit de l'absurdité et de la provocation.

Mot clé

Une **avant-garde** est un mouvement novateur dans le domaine artistique.

- Théorisé par André Breton, le surréalisme cherche à créer des œuvres qui échappent au carcan du réel et à la logique rationnelle. Les écrivains revendiquent l'importance du hasard dans la création artistique.

II Révolutionner les méthodes de création

1 L'art libéré

- Fascinés par les découvertes récentes de la psychanalyse, les écrivains cherchent à arpenter les territoires inexplorés du psychisme grâce à des techniques qui limitent le rôle de l'artiste dans sa création. Dans *Les Champs magnétiques* (1920), Breton et Soupault entreprennent ensemble une « dictée de l'inconscient ».
- L'écriture automatique, fondée sur l'association libre d'idées, révèle le « fonctionnement réel de la pensée » (Breton, *Manifeste du surréalisme*, 1924). Les jeux d'écriture, tels les cadavres exquis, abondent.
- La peinture n'est pas en reste. L'invention de la photographie pousse le regard du peintre à se renouveler. Le cubisme présente simultanément différentes facettes d'un objet. L'art abstrait entérine la disparition du sujet au profit des couleurs et des formes.

2 L'art en question

- L'art moderne renonce à la représentation mimétique du réel et aux canons esthétiques ; il ne s'agit plus de rechercher le beau idéal, l'harmonie.
- C'est parfois la définition même de l'œuvre d'art qui est remise en cause, non sans provocation. Marcel Duchamp, avec ses *ready-made*, questionne de manière radicale ce qu'est l'art.
- Les expérimentations du XXe siècle montrent combien la notion d'art est évolutive : ce qui domine désormais, c'est l'expression originale de l'artiste.

Mot clé

La notion de **« *ready-made* »** désigne un objet manufacturé promu au rang d'objet d'art par le seul choix de l'artiste.

L'ESSENTIEL

L'art moderne
- → Un désir de renouveau, voire de rupture
- → Un goût pour l'expérimentation
- → Une remise en question de l'art lui-même

La rationalité est-elle dépassée ?

26

☐ OK

Du latin *ratio*, « raison, calcul », la rationalité désigne un mode de penser et d'agir fondé sur la raison. Si la tradition y voyait une caractéristique commune à Dieu et à l'être humain, cette assurance est désormais ébranlée.

I La fin d'un règne

- En montrant que « sous chaque pensée gît un affect », la pensée de Nietzsche, prolongée par la psychanalyse, remet en scène la puissance et les profondeurs de la vie instinctive. Comme le dit Freud, les découvertes de Darwin ont brutalement rappelé à l'homme « sa descendance du règne animal » : loin d'agir comme l'être rationnel qu'il prétend être, il est **déterminé par ses pulsions** (*Introduction à la psychanalyse*, 1916-1917).

- L'heure n'est plus aux théodicées de la philosophie classique, mais au risque de l'absurde ▶ FICHE 19. L'humanité est mise à l'épreuve des camps de la mort, où se manifeste **une rationalité démente** : comment encore penser Dieu (Jonas, *Le Concept de Dieu après Auschwitz*, 1987) et la civilisation (Adorno et Horkheimer, *Dialectique de la raison*, 1947) ? Comme le dit Ricœur, le mal représente un « défi » à la philosophie comme à la théologie (*Lectures*, 1991-1994).

Mot clé

Du grec *théos*, « dieu », et *dikè*, « justice », une **théodicée** tente de démontrer la rationalité du monde malgré l'existence du mal en invoquant la sagesse de Dieu (comme le fait Leibniz).

II La crise des fondements

- Le monde scientifique est agité de découvertes comme celle de la relativité en physique, qui **bouscule la représentation traditionnelle** de l'espace et du temps.

- Le développement des géométries non euclidiennes (Riemann, Lobatchevski) fait entrer les mathématiques dans une **« crise des fondements »** : cette science n'est pas « exacte » parce qu'elle serait indiscutablement vraie, mais parce qu'elle est purement formelle et fondée sur une axiomatique sans rapport avec la réalité extérieure.

Mot clé

Une **axiomatique** est un système entièrement formalisé déduit d'un ensemble de termes premiers posés à titre d'hypothèses (axiomes).

Dans le sillage de Carnap (*La Construction logique du monde*, 1928), le positivisme logique du Cercle de Vienne cherche à renouveler le langage de la science en en bannissant les abstractions métaphysiques. Il manifeste un besoin de **renouveler la rationalité** en la rapprochant de l'expérience et du langage ordinaire, comme le préconise Wittgenstein (*Investigations philosophiques*, 1953).

III Le renouveau de la philosophie

1 Un retour aux choses

Husserl se saisit de cette crise de la rationalité pour refonder la philosophie sur un nouveau programme : **« revenir aux choses elles-mêmes »** sera le mot d'ordre de la phénoménologie (*Idées directrices pour une phénoménologie*, 1913).

> **Mot clé**
> La **phénoménologie** est un mouvement philosophique qui veut décrire l'expérience vécue et la manière dont les choses nous apparaissent.

Plus radical, son élève Heidegger qualifie la raison d'« ennemi le plus acharné de la pensée » (*Holzwege*, 1962). En France, Merleau-Ponty conteste **l'impérialisme de la rationalité scientifique** et rappelle que c'est par notre corps que nous sommes au monde (*Phénoménologie de la perception*, 1945).

2 Une rationalité en contexte

Des travaux plus récents mettent au jour **les impensés de la rationalité classique** en la recontextualisant, comme le fait Habermas au sein de la société capitaliste (*La technique et la science comme idéologies*, 1968).

Dans *Les Mots et les choses* (1966), Foucault avance la notion d'*épistèmè* pour désigner la configuration, toujours **particulière à une époque**, dans laquelle s'ordonnent les sciences. Son *Histoire de la folie à l'âge classique* (1961) montre notamment comment la conception moderne de la rationalité s'est imposée en excluant ce qui s'opposait à elle.

L'ESSENTIEL

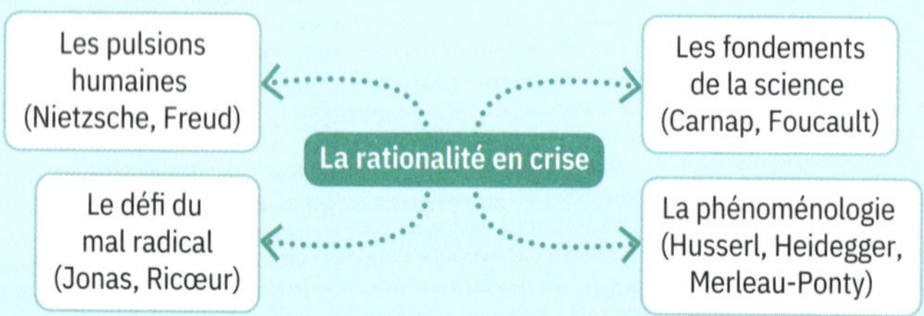

La littérature du XXe siècle : une littérature en crise ?

27

☐ OK

Au sortir de la Seconde guerre mondiale, la littérature reflète une crise des valeurs et des consciences. Dominée par deux genres – le théâtre et le roman –, la production des années 1950 se caractérise par un désir de subversion : c'est le « Nouveau Théâtre » et le « Nouveau Roman ».

I La subversion des codes traditionnels

1 Le brouillage des repères spatio-temporels

- L'individu semble perdu dans le monde, écrasé par un univers qui le dépasse. Les personnages de Samuel Beckett, par exemple, apparaissent dans des espaces hostiles, étranges, sans repères.
- La narration linéaire, chronologique, laisse place à des intrigues déconstruites, où les époques se mélangent ; le lecteur est mis à l'épreuve. Dans *La Route des Flandres* (1960), Claude Simon fait émerger de manière fragmentée les souvenirs du personnage, à travers de longues phrases qui expriment la confusion d'un esprit envahi d'émotions et de pensées.

2 Des personnages déconstruits

- Le personnage hérité du réalisme, doté d'un état civil, d'un caractère, d'une psychologie, n'a plus lieu d'être : il renvoie à une conception surannée de l'être humain, balayée notamment par les avancées de la psychanalyse.
- Un « soupçon » pèse désormais sur le personnage, dont les Nouveaux Romanciers veulent la « mort ». Il n'est plus qu'un regard ou une initiale (Robbe-Grillet, *La Jalousie*), une conscience anonyme (Sarraute, *Tropismes*).
- Le personnage du Nouveau Théâtre devient une sorte de coquille vide. Le théâtre de Beckett est peuplé d'infirmes, de clochards, de fantoches ; les personnages de Ionesco semblent interchangeables.

3 La mort de l'intrigue

- Le Nouveau Théâtre simplifie souvent l'intrigue à l'extrême. Suspendus à l'arrivée d'un personnage énigmatique – dont le nom rappelle Dieu –, qui n'arrivera jamais, les vagabonds d'*En attendant Godot* (Beckett, 1953) prennent conscience de la vacuité de l'existence.

- Michel Butor raconte dans *La Modification* (1957) le voyage en train d'un homme d'abord décidé à quitter son épouse pour sa maîtresse, avant de changer d'avis – l'intrigue se résume alors à « un **remuement intérieur**, à un dangereux brassage et remâchage de souvenirs ».

II Une humanité troublante

1 La faillite du langage

- Le langage est **déconstruit**, comme miné de l'intérieur. Dans *La Cantatrice chauve* (Ionesco, 1949), les personnages en arrivent à dire les pires absurdités ; le dialogue, fondé sur des jeux de mots, des proverbes et clichés, des onomatopées se fait de plus en plus incohérent et automatique.
- Les mots se dérobent, **incapables de sonder la complexité de l'être**. Dans *Le Ravissement de Lol V Stein* (Duras, 1964), les mots sont impuissants à cerner et guérir le traumatisme que Lol a éprouvé lorsque son fiancé l'a abandonnée, en plein bal.

2 Un monde qui échappe

- Les pièces du Nouveau Théâtre – aussi appelé « Théâtre de l'absurde » ou « anti-théâtre » – reflètent un sentiment fort de l'après-guerre : **la conscience de l'absurde**. Elles renvoient une image dérisoire de notre condition.

> **À noter**
> Ionesco conçoit sa « farce tragique » ***Le Roi se meurt*** (1962) comme « une sorte d'exercice spirituel » à même de nous familiariser avec l'idée de la mort.

- Dans le roman, le narrateur **perd son omniscience** et renonce à proposer au lecteur un monde transparent. Les récits multiplient les voix, les zones d'ombre, les silences. Dans *Moderato Cantabile* (Duras, 1958), c'est au lecteur de tâcher de (re)construire l'histoire qui se tisse entre Anne Desbaresdes et Chauvin – une histoire d'amour, peut-être.

L'ESSENTIEL

Nouveau Théâtre, Nouveau Roman

Des esthétiques novatrices
- brouillage de l'espace-temps
- « mort » du personnage
- remise en cause de la notion d'intrigue

L'exploration de la condition humaine
- complexité de l'être
- absurdité de la vie

ŒUVRE CLÉ • L'œuvre de Raymond Queneau

28

☐ OK

Raymond Queneau (1903-1976) est un écrivain incontournable du XXe siècle, tant ses innovations ont bouleversé et renouvelé la création littéraire. Avec la fondation de l'Oulipo, son héritage se poursuit encore aujourd'hui.

I Raymond Queneau, le langage en bandoulière

1 Une curiosité insatiable

- Très tôt fasciné par les **nouvelles esthétiques** en rupture avec la tradition littéraire, Queneau accompagne le groupe surréaliste d'André Breton dans les années 1920, mais n'en conserve que peu d'influence.
- Sa curiosité l'amène à s'intéresser à **tous les domaines du savoir**, et notamment aux mathématiques. Il crée l'Encyclopédie de la Pléiade en 1945, puis entre au Collège de 'Pataphysique en 1951.

> **Mot clé**
> La **'Pataphysique**, mise au point par l'écrivain Alfred Jarry à la fin du XIXe siècle, est la science extravagante et parodique des solutions imaginaires.

- L'écriture de Queneau, ludique et novatrice, combine les formes et les genres et explore toutes les **potentialités** de la langue. Ses *Exercices de style* (1947) proposent 99 variantes d'un même récit banal, chacune soumise à une **contrainte** spécifique (à l'endroit, à l'envers, au passé simple, à l'imparfait, en alexandrins, en onomatopées...).

2 Des inventions langagières

- Queneau cherche de nouveaux moyens de **transcrire le français parlé**, la langue orale et populaire qui lui est contemporaine.
- Le poème « Si tu t'imagines » (chanté par Juliette Gréco en 1949), variation sur le thème ronsardien du *carpe diem*, fait la part belle aux **facéties langagières** : « si tu t'imagines/xa va xa va xa/va durer toujours » – la transcription phonétique, plus proche de l'oralité, remplace *qu'ça va*. Le vocabulaire familier est également mis en valeur : « ce que tu te goures ».
- L'écrivain joue en toute liberté avec l'orthographe. Le roman *Zazie dans le métro* (1959) s'ouvre sur une exclamation étonnante : « Doukipudonktan ». Amalgame d'une phrase interrogative entière à la syntaxe hasardeuse (*D'où qu'ils puent donc tant ?*), le mot est programmatique d'un récit qui **bouscule les certitudes du langage**.

II L'Oulipo, le plaisir des contraintes

1 De nouvelles manières d'écrire

- En 1960, Raymond Queneau s'associe avec François Le Lionnais, ingénieur passionné de littérature, pour fonder l'Oulipo (*Ouvroir de littérature potentielle*), qui rassemble des écrivains et des mathématiciens dans le but de **renouveler les formes littéraires**.

- Une place essentielle y est laissée aux **contraintes**, souvent formelles, envisagées comme des catalyseurs de l'écriture, dans la droite ligne des *Exercices de style*.

- Certains romans de Georges Perec (1936-1982) sont ainsi de véritables prouesses d'écriture : il utilise par exemple le **lipogramme** dans *La Disparition* (1969), où la lettre *e* est interdite, ou au contraire le **monovocalisme** dans *Les Revenentes*, où *e* est la seule voyelle autorisée.

À noter

Grâce à la méthode S + 7 (remplacer chaque substantif par le 7e qui le suit dans le dictionnaire), Queneau réécrit « La Cigale et la Fourmi » en « La Cimaise et la Fraction » !

2 La postérité de Queneau

- L'écrivain italien **Italo Calvino**, qui rejoint l'Oulipo en 1973, publie en 1979 le récit *Si par une nuit d'hiver un voyageur*, où chaque chapitre contient le début d'un nouveau roman avorté. Les pastiches se succèdent : roman policier américain, réalisme merveilleux, roman russe sur la dissidence...

- Dans son recueil autobiographique *Quelque chose noir* (1986), consacré au deuil de son épouse disparue, le poète et mathématicien **Jacques Roubaud** utilise des contraintes oulipiennes : l'ouvrage est constitué de neuf sections, chacune d'entre elles contenant neuf poèmes de neuf « versets ».

L'ESSENTIEL

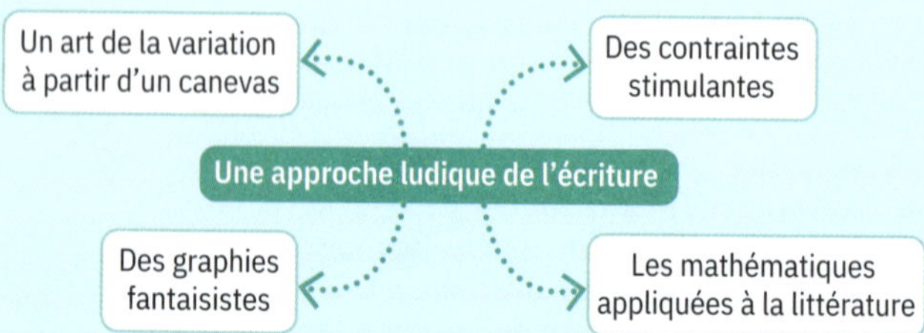

Quiz EXPRESS 29

Avez-vous bien révisé les fiches 24 à 28 ? On vérifie !

Création, continuités, ruptures

1 Science et progrès

▶ FICHES 24 ET 26

1. Vrai ou faux ?

	Vrai	Faux
a. Hegel critique la décadence dans laquelle est entrée l'humanité.	☐	☐
b. Les systèmes totalitaires rejettent le progrès.	☐	☐
c. Comte est positiviste.	☐	☐

2. La crise des fondements désigne :

- ☐ a. une crise économique survenue en 1929
- ☐ b. un questionnement sur les mathématiques
- ☐ c. la prise de conscience d'un déclin de l'Occident

2 Un renouveau artistique

▶ FICHE 25

Vrai ou faux ?	Vrai	Faux
a. Le mouvement Dada est spécialisé dans les représentations innovantes de chevaux.	☐	☐
b. L'art abstrait privilégie les formes et les couleurs, aux dépens de motifs réalistes.	☐	☐
c. Le surréalisme cherche à dépasser une approche trop étroite du réel.	☐	☐
d. L'art contemporain s'inspire ouvertement de la tradition.	☐	☐

3 La littérature en crise

▶ FICHES 27 ET 28

Dans le Nouveau Roman et le Nouveau Théâtre…

- ☐ a. les personnages ont une identité bien définie, fouillée.
- ☐ b. les intrigues, claires, suivent une progression chronologique.
- ☐ c. les repères spatio-temporels sont souvent brouillés.
- ☐ d. le monde apparaît comme limpide, aisément compréhensible.

CORRIGÉS

1 Science et progrès

1. a. Faux.
Hegel pense que l'histoire est un progrès au cours duquel l'Esprit se réalise peu à peu.

b. Faux.
Au nom du progrès, les systèmes totalitaires posent même que tout est possible.

c. Vrai.
Comte est le fondateur du positivisme, mouvement qui affiche une entière confiance dans le progrès scientifique.

2. Réponse b.
La science mathématique apparaît comme purement formelle et fondée sur une axiomatique sans rapport avec la réalité.

2 Un renouveau artistique

a. Faux.
Le mouvement Dada est provocateur et rejette le bon goût bourgeois.

b. Vrai.

c. Vrai.

d. Faux.
L'art contemporain cherche à rompre avec la tradition, en utilisant des techniques et des formes novatrices qui déstabilisent le public.

Citation

« Une œuvre d'art n'est jamais belle, par décret, objectivement, pour tous. » (Tzara, *Manifeste Dada*)

3 La littérature en crise

Réponse c.
L'identité des personnages n'est plus du tout claire ni réaliste, pas plus que les intrigues, souvent minimales, voire absentes. Les personnages évoluent dans un univers flou, incompréhensible, propice au sentiment de l'absurde.

FLASHCARDS

Mémorisez les idées clés des fiches 24 à 28.

30

Création, continuités, ruptures

1

Qu'est-ce que le positivisme ?

▶ FICHE 24

2

Nommez trois techniques d'écriture expérimentées au XXe siècle.

▶ FICHE 25

3

Citez deux artistes du XXe siècle particulièrement provocateurs.

▶ FICHE 25

4

Qu'est-ce qu'une avant-garde ?

▶ FICHE 25

5

Qu'est-ce que la phénoménologie ?

▶ FICHE 26

6

Qu'est-ce que « l'archéologie du savoir » selon Foucault ?

▶ FICHE 26

7

Quel était l'autre surnom du « Nouveau Théâtre », apparu dans les années 1950 ? Pourquoi ?

▶ FICHE 27

8

Qu'est-ce que l'Oulipo ?

▶ FICHE 28

RÉPONSES

Efforcez-vous de répondre aux questions par vous-même avant de consulter les réponses, puis révisez régulièrement pour bien mémoriser.

1

Positivisme : mouvement initié par Auguste Comte, fondé sur la confiance dans la science et les progrès qu'elle permet à l'humanité.

2

Techniques expérimentées au XXe siècle :
- vers libres
- calligrammes
- écriture automatique
- jeux d'écriture divers (cadavres exquis…).

3

Artistes provocateurs :
- Tristan Tzara, à l'origine du mouvement Dada
- Marcel Duchamp, célèbre pour ses *ready-made*
- Dalí…

4

Avant-garde : mouvement précurseur, qui explore de nouveaux territoires artistiques.

5

Phénoménologie : courant de pensée fondé par Husserl, consistant à « revenir aux choses mêmes » en redonnant son importance au vécu.

6

« Archéologie du savoir » (Foucault) : analyse du sol dans lequel s'enracinent les systèmes de pensée dominant certaines époques.

7

« Nouveau Théâtre » : aussi surnommé « Théâtre de l'Absurde », en référence au contenu des pièces de Samuel Beckett et Eugène Ionesco.

8

Oulipo (Ouvroir de Littérature Potentielle) : groupe d'écrivains et de scientifiques désireux d'expérimenter de nouvelles formes de création littéraire à travers des contraintes souvent mathématiques.

Toutes les violences sont-elles comparables ?

31

☐ OK

Envisager les diverses formes de violence ne peut donner lieu à une simple description : l'enjeu est de savoir comment les juger. De quels critères disposons-nous pour cela ?

I Violence et droit

Mot clé

Dérivé du latin *vis*, « force, vigueur », la **violence** est essentiellement associée à l'emploi de la force, par opposition au dialogue.

- Le premier critère est la légitimité. L'usage de la violence entre particuliers doit être empêché, sans quoi les conflits se multiplieraient et la société serait ruinée. Il est donc nécessaire, comme l'explique Max Weber, de réserver cet usage à la puissance publique chargée d'assurer l'ordre : l'État détient le « monopole de la violence physique légitime » (*Le Savant et le politique*, 1919) et l'exerce dans un cadre strictement défini (sans quoi ce serait la violence à son encontre qui serait alors justifiée ▶ FICHE 35).
- La nature de la violence n'en est pas pour autant changée : une contrainte est exercée à l'égard d'autres personnes, par laquelle on attente à leur intégrité physique ou à leur liberté. C'est pourquoi Arendt insiste sur la nature purement instrumentale de la violence, quelles que soient par ailleurs les justifications qu'on lui donne. ▶ FICHE 36

II Un phénomène d'ampleur variable

- Un second critère est l'ampleur de cette violence : le droit pénal admet que toutes les formes de violence ne sont pas comparables, puisqu'elles ne sont pas caractérisées de la même façon (on distingue les contraventions, les délits et les crimes) et qu'on ne les sanctionne pas de la même manière (une agression n'est pas un meurtre). L'existence de cette échelle implique une proportionnalité des peines (Beccaria, *Des Délits et des peines*, 1764).
- On s'efforce aussi de considérer qui exerce la violence (est-ce par exemple une personne détenant autorité ?) et qui la subit (est-ce une personne particulièrement fragile ?). Le contexte, les motivations ou encore le degré de préméditation permettent de dégager des facteurs atténuants ou aggravants.

● La violence **rationnelle et planifiée** exercée par un État (guerre, torture, viols…) est d'une ampleur incomparable à celle des particuliers en proie à leurs passions. Les crimes de guerre et crimes contre l'humanité, tels ceux perpétrés par les systèmes totalitaires du XXe siècle, les organisations terroristes aujourd'hui, ou plus généralement dans le cadre de conflits armés, peuvent conduire leurs auteurs devant une Cour pénale internationale.

III Des manifestations plus ou moins insidieuses

● Le **degré de conscience** avec lequel la violence est exercée ou subie est très variable. Certaines formes de violence sont très insidieuses et ne s'exercent pas par un usage manifeste de la force physique. Dans une dispute, il peut arriver d'employer des mots extrêmement blessants soit à dessein, soit parce qu'on est en colère : c'est une **violence verbale**.

● Certaines contraintes imposées aux personnes, notamment dans le domaine du travail, sont ressenties par elles comme des violences infligées au quotidien, comme en témoigne Simone Weil (*La Condition ouvrière*, 1937). Il existe une **violence sociale** du fait de l'exposition d'une partie de la population à la misère, au chômage, au manque d'éducation, etc. Pourtant, personne ne fait directement de mal à personne…

À noter

Le documentaire *Ils ne mouraient pas tous, mais tous étaient frappés* (S. Bruneau et M.-A. Roudil, 2005) montre des gens ordinaires témoignant de leur souffrance au travail.

● On peut même subir une violence au quotidien sans en avoir conscience, par le fait d'un conditionnement. Ainsi, la **violence symbolique** désigne le fait qu'un individu ou un groupe social intériorise des représentations qui confortent sa soumission et occultent à ses propres yeux sa situation. Les stéréotypes de genre entrent dans cette catégorie comme le montre Bourdieu dans *La Domination masculine* (1998), mais aussi les clichés racistes ou le mépris social.

L'ESSENTIEL

Les critères pour évaluer la violence

- **Légitimité :** cadre légal
- **Ampleur :** échelle des délits et des peines
- **Degré de conscience :** violence physique vs. violence sociale, violence symbolique

Comment la violence humaine questionne-t-elle la littérature ?

32

☐ OK

Au XXe siècle, la barbarie de la Shoah et des deux guerres mondiales suscite des inquiétudes sur la condition humaine et ébranle la confiance humaniste en un progrès inexorable de la civilisation.

I Raconter la guerre

1 L'expérience de l'effroi et du chaos

- Les guerres mondiales alimentent une littérature autobiographique qui rend compte, parfois crûment, de la **barbarie du conflit** ▶ FICHE 34. Henri Barbusse, acteur et témoin de la Grande Guerre, dévoile dans *Le Feu* (1916) la réalité du quotidien dans les tranchées, entre ennui, attente, camaraderie et terreur.
- Un siècle plus tard, dans *Petit pays* (Gaël Faye, 2016), le regard d'un enfant de dix ans révèle **les atrocités de la guerre civile** qui a ravagé le Burundi, bientôt suivie du génocide rwandais. L'harmonie familiale s'effondre en même temps que le pays.
- La guerre ne se limite pas aux pertes humaines ; elle laisse les **survivants mutilés et traumatisés**. Marc Dugain, dans *La Chambre des officiers* (1998), se concentre sur le sort douloureux des « Gueules cassées » qui portent dans leur chair les séquelles de la guerre.

2 L'absurdité de la guerre

- La guerre est volontiers présentée, aux XXe et XXIe siècles, comme **une pure négation de l'humain**. Les auteurs soulignent son absurdité et sa barbarie. Dans son roman *Voyage au bout de la nuit* (1932), L.-F. Céline plonge son personnage Bardamu dans les horreurs imprévues de la Première guerre mondiale : le regard naïf de cet anti-héros permet de dénoncer puissamment une guerre terrifiante irrationnelle.
- **Le temps des héros est révolu**. Monstrueuse, la guerre prend des proportions énormes et terrifiantes. *La Route des Flandres* (C. Simon, 1960) raconte dans une écriture fragmentée la débâcle, en 1940, d'une unité de cavalerie dans une guerre qui n'en est même plus vraiment une.

À noter

Alors que toute une tradition littéraire épique héritée de l'Antiquité glorifie la guerre et ses combattants, le regard porté sur la violence se fait beaucoup plus critique.

II S'interroger sur la guerre

1 Les mécanismes de la violence

- Aux XXe et XXIe siècles, divers auteurs puisent dans la mythologie grecque pour s'interroger sur **la permanence de la violence humaine**. Giraudoux, dans sa pièce *La Guerre de Troie n'aura pas lieu* (1935), exhibe avec un humour désabusé le mécanisme qui conduit à la guerre, pour des motifs dérisoires.
- Dans son essai *Le Monde d'hier* (1943), Stefan Zweig décrit la mort lente d'une civilisation européenne minée par **la montée des nationalismes** : l'insouciance et la sécurité d'avant-guerre sont balayées.
- Au-delà des seuls combattants, la guerre détruit des familles. La pièce *Incendies* (W. Mouawad, 2003) s'inspire du mythe d'Œdipe pour montrer comment l'onde de choc de la guerre civile libanaise **court d'une génération à l'autre**.

2 L'humanité en question

- La guerre **déshumanise** les combattants. Le titre métaphorique du roman de Giono, *Le Grand troupeau* (1931) transforme les soldats en bétail bientôt broyé et digéré par une terre monstrueuse et grasse de cadavres.
- Une réflexion éthique s'engage sur **la légitimité du combat**. Le roman *Les Thibault* (R. Martin du Gard, 1922-1940) oppose deux frères – l'un révolutionnaire pacifiste, l'autre patriote prêt à s'engager – sur la conduite à tenir face à la guerre en 1914 : au lecteur de peser les arguments…
- La guerre plonge les hommes dans une **spirale dont il est difficile de sortir**. Dans *Le Quatrième mur* (S. Chalandon, 2013), deux compagnons de lutte politique tentent vainement de faire jouer l'*Antigone* d'Anouilh à Beyrouth en guerre : l'espoir d'une trêve sublime entre communautés, réunies autour de l'art, ne résiste pas à la folie des hommes.

L'ESSENTIEL

Des conflits…

… à raconter
- des expériences traumatisantes
- des guerres sans héros

… à examiner
- les causes de la violence
- les moyens de l'endiguer
- l'impact sur l'humain

La violence est-elle irréductible ?

33

☐ OK

Les conflits et les guerres perdurent alors que le droit et la morale les condamnent. L'histoire peut-elle en finir avec la violence ?

I Un problème tenace

- C'est souvent au nom d'une **nature humaine violente** qu'on juge la guerre inévitable. Selon Freud, on ne contraindra pas l'être humain à « troquer sa nature contre celle d'un termite » : nous avons des pulsions agressives qui rendent improbable la suppression des guerres (*Pourquoi la guerre ?*, 1933).
- Il faut cependant **distinguer la violence et la guerre** : c'est précisément parce que la guerre est froide et réfléchie qu'elle est très meurtrière, tout en passant pour « la continuation de la politique par d'autres moyens » (Clausewitz, *De la guerre*, 1832). À cette difficulté s'ajoute celle posée par la puissance du complexe militaro-industriel.

II Le recours au droit

- Comme l'avait dit Hobbes, **l'établissement du droit** met fin à la violence entre particuliers à l'intérieur des États (*Léviathan*, 1651). Mais peut-on obtenir un résultat analogue au niveau des nations ?
- Dans *Vers la paix perpétuelle* (1795), Kant veut **sortir les nations de leur « état de nature »**. Il propose une « alliance des peuples » pour garantir le respect de règles communes et protéger les « citoyens du monde ». Il parie aussi sur l'établissement de régimes républicains. Car lorsque ce sont les peuples qui décident, ils y réfléchissent à deux fois avant de déclarer la guerre : ainsi, le régime le plus juste est aussi le plus propice à la paix.

> **Mot clé**
>
> **L'état de nature** désigne une situation qui précède l'établissement des lois. Il est associé par Kant au règne de la violence.

- Deux-cents ans plus tard, J. Habermas observe que cet idéal a été **malmené par l'histoire** : le développement du commerce international n'a pas apaisé les conflits mais fait apparaître de nouvelles formes de guerres, et les républiques ne se sont guère montrées plus pacifiques que les dictatures. Mais on peut renouveler cet idéal par une réforme étendant le pouvoir des Nations-Unies et recentrant leur mission sur le respect des droits humains (*La Paix perpétuelle*, 1996).

III Du refus moral à l'action politique

- Le refus de la violence engage aussi la morale. Il fut prôné par Socrate (« Il ne faut pas répondre à l'injustice par l'injustice ») ou Jésus (« Si quelqu'un te gifle sur la joue droite, tends-lui encore l'autre joue ») afin de **briser le cycle infernal de la vengeance** et de la loi du Talion.

- Au cœur du XXe siècle, Camus dénonce les idéologies qui prétendent justifier le meurtre. Ne croyant pas à la possibilité d'un monde sans violence, il refuse toutefois que celle-ci soit légitimée. Prônant la modestie et le dialogue, il en appelle à la conscience : on peut toujours **s'empêcher de participer** à un système institutionnalisant la violence (*Ni victimes, ni bourreaux*, 1947).

> **Citation**
> « La violence est à la fois inévitable et injustifiable. » (Camus)

- Ne pas devenir un « agent de l'injustice » était déjà le mot d'ordre de Thoreau dans son essai intitulé *La Désobéissance civile* (1848). Spectateur attentif des manifestations pacifistes organisées sur les campus américains des années 1960, Rawls décrit la **désobéissance civile** comme « un acte public, non violent, décidé en conscience, mais politique », car accompli pour changer la loi ou la politique du gouvernement (*Théorie de la justice*, 1971). ▶ FICHE 36

- Ricœur observe que Gandhi ou Mandela ont fait de **la non-violence** « une méthode et même une technique détaillée de la résistance et de la désobéissance ». Le non-violent n'est donc pas qu'un doux rêveur mais il a une « présence à l'histoire » puisqu'il peut entamer le destin (*Histoire et Vérité*, 1955).

L'ESSENTIEL

Refuser la violence

Un combat juridique
- empêcher la violence entre particuliers (Hobbes)
- faire progresser le droit international (Kant, Habermas)

Un principe moral
- refus de la loi du Talion (Socrate, Jésus)
- modestie et dialogue (Camus)
- désobéissance civile et non-violence (Rawls, Ricoeur)

Peut-on témoigner de l'inhumain ?

34

☐ OK

« Écrire un poème après Auschwitz est barbare », déclare le philosophe Theodor Adorno (*Prismes*, 1955). Au lendemain de la Seconde Guerre mondiale, catastrophe collective d'une ampleur et d'une forme inédite, la culture semble balayée par l'horreur ; la question du témoignage se pose de manière aiguë.

I « Se taire est impossible »

1 Un exutoire douloureux mais nécessaire

- Dans un contexte d'extrême violence, l'écriture peut être d'une urgence vitale pour la victime. « En les vivant, j'éprouvais déjà le besoin de raconter les choses », déclare Primo Lévi, l'un des premiers survivants des camps à témoigner (*Si c'est un homme*, 1947).

À noter

Se taire est impossible : tel est le titre éloquent d'un témoignage des rescapés des camps Elie Wiesel et Jorge Semprun (1995).

- Témoigner est une épreuve pour la victime. Jorge Semprun, rescapé des camps, a mis des années avant de trouver le chemin de l'écriture, sans cesse repoussée pour ne pas s'enliser dans l'horreur du passé : « j'ai pratiqué une sorte de thérapie systématique, parfois brutale, de l'oubli » (*L'Écriture ou la vie*, 1994).

2 Un devoir de mémoire : servir la cause de l'humanité

- Témoigner permet d'établir ou de rectifier des faits, d'en garder une trace afin qu'ils ne tombent pas dans l'oubli. Après dix ans de mutisme, Elie Wiesel, survivant des camps, se résout à l'écriture : « dans cette situation-là, il est interdit de se taire » (*La Nuit*, 1956). L'écrivain participe ainsi à la construction d'une mémoire et d'une conscience collective.
- L'écrivain se fait porte-parole, pour servir la cause de l'humanité. Svetlana Alexievitch donne à entendre, dans *La Supplication* (1998), des témoins bouleversés de la catastrophe nucléaire de Tchernobyl.
- Témoigner, c'est aussi sonder l'inconcevable. Robert Antelme, résistant et déporté, cherche à comprendre, dans *L'Espèce humaine* (1947), comment l'humanité a pu aussi violemment s'attaquer à elle-même ▶ FICHE 32.

II Un défi délicat

1 Une mise en mots problématique

- L'expérience de l'inconcevable donne le sentiment d'une **impuissance dans l'expression**, bien soulignée par Elie Wiesel : « malgré tous mes efforts pour dire l'indicible, "ce n'est toujours pas ça" » (*La Nuit*, 1956).
- Le témoignage peut advenir longtemps après les événements : se pose alors la question de l'oubli, mais aussi celle de **la reconstruction du passé** ▶ FICHE 17. Dans *La Douleur* (1985), Marguerite Duras, quarante ans après les faits, s'appuie notamment sur son journal pour raconter le retour de son mari Robert Antelme, anéanti par sa déportation.
- Les choix formels sont **lourds de questionnements éthiques**. Primo Lévi (*Si c'est un homme*, 1947) craignait de « tomber dans la rhétorique », de souligner l'horreur par le style alors que ce n'était pas nécessaire (l'horreur était déjà là dans les simples faits…). Il pose ainsi le problème d'une écriture juste, et prend le parti de l'objectivité et de la neutralité.

À noter

Robert Merle, dans les mémoires fictifs *La Mort est mon métier* (1952), fait scandale en donnant voix à un haut dignitaire nazi, pour mieux tenter de comprendre comment il a pu basculer dans l'**inhumain**.

2 Le problème de la réception : l'impossible transmission ?

- Est-il possible à qui ne l'a pas vécu de comprendre la réalité des camps ? Simone Veil rapporte, dans *Une vie* (2007), la réaction de la population qui a d'abord **refusé d'y croire**.
- Le travail de mémoire peut faire l'objet d'une **censure politique**, voire mettre en danger la vie de l'auteur. Dans les années 1960, Alexandre Soljenitsyne écrit clandestinement *L'Archipel du Goulag*, qui dénonce le système carcéral inhumain mis en place par l'Union soviétique ; publié à l'étranger, le livre vaut à son auteur la censure et l'exil.

L'ESSENTIEL

La tentation du silence

- besoin d'oublier l'horreur
- failles du langage
- incrédulité collective

La nécessité de témoigner

- devoir de mémoire
- défense d'un certain humanisme
- dépasser le traumatisme

Où conduisent les révolutions ? 35

OK

Qu'elles soient industrielles, sexuelles, scientifiques, etc., les révolutions sont des périodes de changements brutaux. Sur le plan politique, que construisent ces bouleversements qui se paient souvent au prix fort ?

I Une rupture provisoire du droit…

- La révolution est **la rupture brutale d'un ordre juridique existant**, au profit de l'instauration d'un nouveau. Elle s'appuie sur une insurrection populaire, ce qui la distingue du coup d'État. Mais contrairement à une révolte ou une émeute, elle suppose un encadrement et des meneurs fermement décidés à s'emparer du pouvoir.

> **Citation**
> « C'est un acte par lequel une partie de la population impose à l'autre partie sa volonté à coups de fusils, de baïonnettes et de canons. » (Engels, *De l'Autorité*, 1873)

- Les révolutions américaine (1776) et française (1789), qui en ont fixé le modèle, sont vues par les philosophes des Lumières comme un recul de la tyrannie et **une avancée majeure vers l'émancipation des peuples**. Bien qu'il désapprouve par principe la rupture – même provisoire –, d'un ordre juridique, Kant soutient la Révolution française car elle instaure un régime meilleur que le précédent : un tel progrès du droit suscite l'« enthousiasme » (*Le Conflit des facultés*, 1798).

II … au risque de la violence

- La rupture avec l'ordre ancien nourrit l'imaginaire révolutionnaire. Très influent sur les campus américains des années 1960, le freudo-marxiste Marcuse estime que les masses ne sont plus révolutionnaires dans la société de consommation. C'est des exclus et des minorités que vient la contestation, ainsi que de la jeunesse, des artistes et intellectuels unis dans une **éthique du « Grand Refus »** (*Vers la libération*, 1969).
- Ce romantisme révolutionnaire peut basculer dans la violence destructrice, prônée par les anarchistes Bakounine et Netchaïev (*Catéchisme du révolutionnaire*, 1868), ou dans les *Réflexions sur la violence* (1908) de Sorel. De fait, la Révolution russe (1917) comme la Révolution chinoise (1927-1949) conduisent à la guerre civile puis à l'instauration de dictatures sanglantes. Mao l'assume : **« la révolution n'est pas un dîner de gala »**.

La foi inébranlable en la révolution **égare certains penseurs** : ne pouvant nier les atrocités du régime soviétique, Sartre se réfugie dans l'idée que celui-ci conduit malgré tout au socialisme. Aron lui répond ironiquement que « seuls des philosophes très subtils peuvent reconnaître un privilège unique à une entreprise dont ils ne nient pas les cruautés » (*Dimensions de la conscience historique*, 1961).

III L'invention du possible

En dépit de leur engagement socialiste, Lefort et Castoriadis sont très lucides sur la dérive totalitaire du régime soviétique. Ils dénoncent **l'oubli de l'idéal révolutionnaire** et une idéologie close qui met tout le corps social au service d'une cause commune donnant son sens à l'histoire. Au contraire, la démocratie est un régime ouvert et capable d'institutionnaliser les désaccords par le débat public.

Arendt observe que les révolutionnaires sont souvent animés de « motivations morales », et qu'ils ont moins l'ambition de transformer la société que de **se battre publiquement pour la liberté** dans une période de crise (*Du mensonge à la violence* ▶ FICHE 36). Aussi la révolution doit-elle être conçue comme le commencement de quelque chose qui reste à écrire, et dont l'issue est indéterminée (*Essai sur la révolution*, 1962).

Citation

« L'idée centrale de la révolution est la fondation de la liberté, la fondation d'un corps politique qui puisse garantir l'espace où la liberté peut apparaître. » (Arendt)

L'ESSENTIEL

Révolutions

Caractéristiques
- rupture d'un ordre ancien
- insurrection populaire
- présence de meneurs

Idéaux
- émancipation des peuples
- progrès du droit, refus de l'injustice
- invention du possible

Dérives
- violence, exactions
- dictature, guerre civile
- totalitarisme, bureaucratie

ŒUVRE CLÉ • Hannah Arendt, *Du mensonge à la violence*

36

☐ OK

***Du mensonge à la violence* (*Crises of the Republic*) réunit des articles composés entre 1970 et 1972 au gré d'une actualité mouvementée. Mais le recueil témoigne surtout de l'ambition la plus constante d'Arendt : « penser l'événement ».**

I Une philosophe dans son siècle

- Hannah Arendt (1906-1975) quitte l'Allemagne en 1933 pour **échapper aux persécutions nazies** et acquiert la nationalité américaine en 1951. Marquée par le régime totalitaire et la barbarie nazie, son œuvre interroge les conditions de l'action et le rapport de l'événement à la pensée.
- *Du mensonge à la violence* est sous-titré *Essais de politique contemporaine*. Armée de concepts rigoureux et d'un regard critique, Arendt se saisit des problèmes qui agitent l'actualité avec une conviction profonde : la violence résulte d'un délitement du pouvoir lié à la **disparition de l'autorité** dans le monde moderne.

II Composition du recueil

1 « Du mensonge en politique »

- La publication dans la presse des archives du Pentagone en 1971 (les *Pentagon Papers*) a révélé au monde entier les mensonges des autorités américaines sur la guerre du Vietnam. Tout en dénonçant un pathétique **déni de réalité**, Arendt montre que le mensonge a partie liée avec la politique.
- Le monde humain est en effet contingent : « les choses auraient pu se passer effectivement de la façon dont le menteur le prétend ». L'action politique est elle-même **une forme de libre invention** qui rend le cours de l'histoire imprévisible.

> **Citation**
> « La négation délibérée de la réalité – la capacité de mentir – et la possibilité de modifier les faits – celle d'agir – sont intimement liées ; elles procèdent l'une et l'autre de la même source : l'imagination ».

2 « La désobéissance civile »

- Arendt revient à Socrate et Thoreau pour mieux saisir la nature des mouvements qui agitent les campus américains. La désobéissance civile est un mode d'action collectif, public et non-violent, **entrepris au nom de la justice** : on ne saurait l'assimiler à la délinquance.

- Il y a certes une difficulté irréductible à lui reconnaître une existence juridique (comment le droit pourrait-il justifier la transgression du droit ?), mais le refus d'accorder son « consentement » apparaît en phase avec l'esprit de la constitution américaine, et plus généralement avec l'État de droit.

3 « Sur la violence »

- À l'encontre de mouvements tentés par le recours à la violence (Nouvelle Gauche, Black Panthers…) et d'intellectuels qui s'en font les « prédicateurs » (Sorel, Fanon, Sartre…), Arendt rappelle que la violence n'est ni fondatrice ni rédemptrice, mais qu'elle est purement instrumentale.
▶ FICHE 35

- Le pouvoir en effet n'est pas la domination, mais correspond à l'aptitude de l'homme à agir de façon concertée et se fonde sur le consentement à des institutions. La violence n'est donc pas la marque du pouvoir et encore moins son origine, mais le symptôme de son déclin.

> **Citation**
> « La violence peut détruire le pouvoir, elle est parfaitement incapable de le créer. »

4 « Politique et révolution »

- Arendt loue dans cet entretien le sursaut moral de la jeunesse mais déplore l'idéologie et l'esprit de destruction qui rongent certains mouvements étudiants. Revenant sur la « crise de confiance » qui agite la société américaine sous l'effet de la guerre du Vietnam et de la question raciale, elle renouvelle son constat d'un « affaiblissement du pouvoir » inclinant la société à la violence.
- Cette situation révolutionnaire lui donne l'occasion de rêver à un État moins centralisé et bureaucratique, animé par des « conseils » ouverts à tous les citoyens désireux d'y participer.

L'ESSENTIEL

Du mensonge à la violence : les 4 idées clés

1. Le mensonge a un lien essentiel à la politique.
2. La désobéissance civile est une lutte collective pour la justice.
3. La violence est l'instrument d'un pouvoir déclinant.
4. La révolution s'enracine dans une crise de confiance.

Quiz EXPRESS

37

Avez-vous bien révisé les fiches 31 à 36 ? On vérifie !

Histoire et violence

1 Nature de la violence

▶ FICHES 31 ET 36

1. Associez chaque situation au type de violence qui convient.

a. insulter quelqu'un •	• e. violence physique
b. harceler ses employés •	• f. violence sociale
c. couper la parole •	• g. violence verbale
d. donner un coup de poing •	• h. violence symbolique

2. Arendt affirme que :

☐ a. le mensonge en politique est inévitable

☐ b. un pouvoir violent démontre son autorité

☐ c. une situation révolutionnaire s'enracine dans une crise de confiance

2 Histoire et violence en littérature

▶ FICHES 32 ET 34

Associez chaque œuvre au thème qu'elle aborde.

a. *Le Feu*, Barbusse •	• e. les souffrances des survivants
b. *La Chambre des officiers*, Dugain •	• f. l'horreur des tranchées
c. *Incendies*, Mouawad •	• g. la débâcle de l'armée
d. *La Route des Flandres*, Simon •	• h. les familles détruites

3 Dépasser la violence

▶ FICHES 33 ET 35

Quelles sont selon Kant les meilleures voies vers la paix perpétuelle ?

☐ a. développer le droit international

☐ b. installer des régimes républicains

☐ c. éduquer les princes

☐ d. construire un État mondial

CORRIGÉS

1 Nature et violence

1. a. g. violence verbale

b. f. violence sociale

c. h. violence symbolique

d. e. violence physique.

2. Réponses a et c.
La réponse **b** est fausse : l'usage de la violence est le signe que le pouvoir a perdu son autorité.

2 Histoire et violence en littérature

a. f. l'horreur des tranchées

b. e. les souffrances des survivants

c. h. les familles détruites

d. g. la débâcle de l'armée.

3 Dépasser la violence

Réponses a et b.
Pour faire reculer la violence, il faut faire progresser le droit à tous les niveaux : international, d'abord, pour régler les conflits qui pourraient conduire à des guerres ; mais aussi national, car les régimes républicains, où le peuple décide, sont plus propices à la paix.

Citation

« La guerre n'est que le triste expédient dans l'état de nature (en l'absence d'un tribunal qui pourrait rendre un jugement sanctionné par le droit) pour faire valoir son droit par la force. » (Kant, *Vers la paix perpétuelle*, 1795)

Mémorisez les idées clés des fiches 31 à 36.

Histoire et violence

1

Citez trois critères pour évaluer la violence.

FICHE 31

2

Citez une œuvre qui puise dans la mythologie antique pour réfléchir et questionner la violence.

FICHE 32

3

Pourquoi Freud estime-t-il impossible de mettre fin aux guerres ?

FICHE 33

4

Donnez trois caractéristiques de la désobéissance civile.

FICHE 33

5

Quel registre exalte traditionnellement les exploits guerriers de héros ?

FICHE 34

6

Pourquoi « se taire est impossible » (Semprun), à propos de la Seconde Guerre mondiale ? Citez 2 ou 3 raisons.

FICHE 34

7

De quels groupes sociaux vient la contestation révolutionnaire selon Marcuse ?

FICHE 35

8

Quel mal ronge la société américaine selon Arendt ?

FICHE 36

RÉPONSES

Efforcez-vous de répondre aux questions par vous-même avant de consulter les réponses, puis révisez régulièrement pour bien mémoriser.

1

Trois critères pour **évaluer la violence** :
- la légitimité
- l'ampleur
- le degré de conscience.

2

Exemples :
- Giraudoux, *La Guerre de Troie n'aura pas lieu*
- Anouilh, *Antigone*
- Cocteau, *La Machine infernale*...

3

Parce qu'il observe que la violence est profondément ancrée dans la **nature humaine**.

4

Caractéristiques de la **déso-béissance civile** :
- publique
- collective
- non-violente.

5

Il s'agit du **registre épique**, qui exalte les qualités des héros qui combattent valeureusement pour de justes causes.

6

Raisons de témoigner :
- le devoir de mémoire
- le souci d'éveiller les consciences
- le besoin personnel de mettre à distance un passé éprouvant...

7

Selon Marcuse, la **contestation révolutionnaire** vient des mino-rités, des exclus, de la jeunesse, des artistes et intellectuels.

8

Selon Arendt, aux États-Unis, le pouvoir perd de son autorité du fait d'une **crise de confiance** exacerbée par les tensions raciales et la guerre au Vietnam.

Notre monde devient-il inhabitable ?

39

☐ OK

Le monde est l'univers physique et plus particulièrement la Terre que nous peuplons, mais aussi l'espace commun qui relie les humains. En quoi est-il aujourd'hui menacé ?

I Des crises multiples

1 Une situation alarmante

- **L'Anthropocène** désigne une nouvelle ère géologique marquée par les effets irréversibles de l'action humaine sur la nature. Cette domination inédite sur la nature nous met en danger, avec le réchauffement climatique, la réduction de la biodiversité, une croissance de la population mondiale et des ressources qui s'amenuisent (André Lebeau, *L'Enfermement planétaire*, 2008).
- Dans *Le Principe responsabilité* (1979), Hans Jonas dénonce **l'optimisme forcené des partisans du progrès** et la menace que la technique fait peser sur l'humanité. Il formule un nouvel impératif éthique : ne pas compromettre « la permanence d'une vie authentiquement humaine sur terre ».
- Inspiré par cette démarche, Jean-Pierre Dupuy prône **une peur préventive et contrôlée** : il faut envisager le pire pour sortir de l'inconscience et de l'inaction (*Pour un catastrophisme éclairé*, 2002).

2 Un rapport au monde brisé

- Notre familiarité avec le monde a été ébranlée par les tragédies du XXe siècle : pour Günther Anders, Auschwitz et Hiroshima sont le point d'orgue d'une technicisation du réel qui a profondément dévalué notre expérience du monde. Nous savons désormais que l'humanité est réellement **capable de se détruire elle-même** et que ce n'est qu'une question de « délai » (*L'Obsolescence de l'homme*, 1956).
- Hannah Arendt constate la « désolation » accomplie par le totalitarisme, mais déjà à l'œuvre dans la **société de consommation** : lorsque tout est relégué au rang de marchandise, la capacité de chacun à habiter le monde, à y laisser des œuvres durables, est fragilisée (*Condition de l'homme moderne*, 1958).

Mot clé

Arendt entend la **désolation** comme « privation de sol » ou déracinement qui détruit l'appartenance au monde et la possibilité d'y agir en commun.

II Repenser notre rapport au monde

1 L'appartenance à un tout

Citation

« Une chose est juste lorsqu'elle tend à préserver l'intégrité, la stabilité et la beauté de la communauté biotique. » (Leopold)

- Dans son *Almanach d'un comité des sables* (1949), Aldo Leopold formule une **« éthique de la terre »** : il exalte la « communauté biotique » qui place les êtres vivants humains et non humains d'une même région en interdépendance.
- Pionnier de **« l'écologie profonde »**, Arne Næss parle d'« écosphère » : l'humain évolue « comme une partie qui s'insère dans le tout », et son identité dépend du rapport au monde qu'il habite (*Écologie, communauté et style de vie*, 1976).
- J. Baird Callicott appelle à redonner de la valeur au vivant. Il ne s'agit pas de sauver la nature pour sauver l'humanité (approche humaniste) mais pour elle-même (**« écocentrisme »**). L'humain est indissociable de la Terre et le rêve de déménager sur une autre planète est vain (*Éthique de la Terre*, 2010).

2 Un équilibre à sauvegarder

- James Lovelock défend l'**« hypothèse Gaïa »** : la Terre et sa biomasse sont comme un seul organisme vivant et autorégulé. Si l'action humaine excède cette capacité de régulation, on basculera dans un autre équilibre qui ne sera pas forcément favorable à l'existence humaine. Nous devons donc réformer nos façons d'agir (*La Revanche de Gaïa*, 2006).
- Certains présentent la **décroissance** comme voie vers une meilleure qualité de vie. Pour André Gorz, par exemple, il faut sortir du capitalisme et de sa logique de profit pour redonner au politique son indépendance et rétablir un rapport respectueux à la nature (*Ecologica*, 2008).

L'ESSENTIEL

Un monde invivable →
- Anthropocène
- technicisation du réel
- désolation

Un autre rapport au monde →
- éthique de la terre
- écologie profonde
- « hypothèse Gaïa »

Comment la littérature interroge-t-elle notre place dans la nature ?

40

☐ OK

Selon le philosophe René Descartes, les hommes doivent se rendre « comme maîtres et possesseurs de la nature ». Mais cette place singulière de l'espèce humaine fait débat, particulièrement à l'heure de la crise écologique contemporaine.

I L'être humain, un animal singulier

1 Maîtriser son environnement

- Dans l'Antiquité, les mythes reflètent les rêves anciens de dépassement des limites de la condition humaine. Le mythe de Prométhée montre par exemple combien la technique arrache l'être humain à sa condition animale ; elle lui permet de dompter une nature menaçante. L'imaginaire collectif est marqué par le désir de suppléer à nos failles originelles.
- L'exploration et la maîtrise croissante de la nature grâce à diverses technologies nourrissent l'imaginaire de romanciers comme Jules Verne : ses récits d'aventure (*Voyages extraordinaires*) mettent en exergue les grandes espérances placées dans la science.
- Au fil des siècles, le rêve prend corps. Dans son récit *Terre des hommes* (1939), centré sur les exploits de l'aviation civile, le pilote et écrivain Saint-Exupéry met en valeur les progrès constants de l'homme pour arpenter une nature hostile.

2 Maîtriser son corps

L'espèce humaine semble être particulièrement prompte à repousser ses propres limites, en exploitant son formidable potentiel ▶ FICHE 43.

> **Citation**
> « Que peuvent nos corps ? Presque tout. » (Michel Serres)

- Michel Serres (*Variations sur le corps humain*, 1999) fait l'éloge du corps humain, l'opposant à celui des animaux, par sa malléabilité extrême et ses facultés d'adaptation qui donne le sentiment d'un perfectionnement toujours possible.
- Les progrès médicaux engendrent de nouvelles possibilités d'interventions sur le corps humain lui-même. Le roman *Réparer les vivants* (2015) de Maylis de Kerangal glorifie le « transfert de vie » opéré par une équipe médicale, véritable prouesse : dans l'urgence, l'équipe parvient à transplanter le cœur d'un jeune homme mort dans un accident.

II Un rapport à la nature problématique

1 Les ambivalences du progrès humain

- Peu à peu, l'exaltation charriée par les prouesses techniques du génie humain laisse place à l'inquiétude – jusqu'à la **technophobie** : l'humanité se retrouve face aux menaces qu'elle a elle-même créées.
- Svetlana Alexievitch déplore les terribles retombées sanitaires, environnementales et psychologiques de la catastrophe nucléaire de Tchernobyl. L'homme, dépassé par ses inventions, semble **victime de son hybris**, de sa démesure.
- La littérature reflète les angoisses liées à la **dégradation des écosystèmes**. Dans *Sécheresse* (1964), J. G. Ballard imagine un monde dévasté par une pénurie d'eau qui reconfigure les rapports humains.

2 Trouver sa juste place

- Il s'agit désormais de limiter l'impact des sociétés humaines sur la nature, mais aussi de **redéfinir les valeurs et les principes** sur lesquels se fonde le développement de l'humanité.
- À l'heure où l'impact néfaste de l'humanité sur l'environnement ne fait plus de doute, des voix s'élèvent pour **défendre une vision biocentrée du monde**, respectueuse du vivant FICHE 39.
- Romain Gary signe avec *Les Racines du ciel* le « premier roman écologique » (1956), récit d'un combat acharné pour sauver les éléphants. **Préserver la nature pour elle-même**, en dehors de toute considération utilitaire, devient un impératif ; il en va de notre dignité humaine.

Citation

En 1847 déjà, H. D. Thoreau, dans *Walden ou La Vie dans les bois*, rompait avec la civilisation industrielle et prônait **un rapport au monde plus authentique**.

L'ESSENTIEL

L'espèce humaine : une place singulière dans la nature ?

- **Une volonté de contrôle**
  - sur l'environnement
  - sur le corps humain lui-même
- **Une toute-puissance à questionner**
  - une nature dégradée
  - un progrès technique ambivalent
  - de l'anthropocentrisme au biocentrisme

Les machines sont-elles plus intelligentes que nous ?

41

☐ OK

L'intelligence est la faculté humaine de comprendre, discerner et connaître. Si les machines sont toujours plus sophistiquées, sont-elles pour autant en mesure de concurrencer leurs propres inventeurs ?

I Les prouesses de l'intelligence artificielle

1 La révolution cybernétique

- Avec la révolution cybernétique, initiée par le mathématicien N. Wiener (1948), on a tenté de décrire l'activité mentale et de créer des machines capables de la simuler. Cette entreprise a donné naissance à l'intelligence artificielle (IA) théorisée par J. McCarthy et M. Minsky.

Mot clé
La **cybernétique** étudie les mécanismes de communication et de régulation dans le vivant et dans la machine.

- En 1950, Alan Turing estime que cinquante ans suffiront pour qu'une machine réussisse à se faire passer pour un humain lors d'une conversation (« jeu de l'imitation »). Aucune n'a jusqu'ici incontestablement triomphé au test de Turing, mais on considère plus que jamais que ce n'est qu'une question de temps.

2 De la mémoire à l'apprentissage

- Les extraordinaires capacités de mémoire et de calcul des ordinateurs sont aujourd'hui utilisées dans la biométrie (établissement des caractères physiques à des fins de reconnaissance des individus) et le profilage (identification des caractères psychologiques à des fins publicitaires).
- Avec l'apprentissage profond (*deep learning*), un logiciel exploite des données collectées en grand nombre, mais anticipe aussi des situations pour être prêt à y répondre. L'intelligence humaine souffre d'autant plus mal la comparaison qu'on connaît mieux ses faiblesses (fatigue, précipitation, préjugés et biais cognitifs…).

II Les spécificités de l'intelligence humaine

1 Le mythe de la singularité

- John Searle rappelle que le traitement de l'information par un ordinateur est purement formel, tandis que la pensée humaine suppose la saisie d'un sens. Un ordinateur manipule des symboles sans les comprendre, comme un humain qui ignore le chinois pourrait, avec le bon mode d'emploi, manipuler des mots chinois : c'est la parabole de la « chambre chinoise » (*Du cerveau au savoir*, 1985).

- Searle oppose l'« IA faible » des systèmes programmés pour résoudre des problèmes spécifiques, et une hypothétique « IA forte » qui supposerait une conscience de soi et la compréhension de ses propres raisonnements.

- Ainsi, les machines ne comprennent pas l'humour ou l'ironie. Elles ne possèdent ni l'autonomie morale pour prendre des décisions, ni l'inventivité pour résoudre des problèmes nouveaux. C'est pourquoi J.-G. Ganascia juge la singularité technologique « hautement improbable » (*Le Mythe de la Singularité*, 2017).

Mot clé

La **singularité technologique** désigne le point critique où l'intelligence artificielle prend le dessus sur l'humanité et la transforme de manière irréversible.

2 Le devenir de l'intelligence humaine

- Dans *Petite Poucette* (2013), Michel Serres est résolument optimiste : en extériorisant l'accomplissement de certaines tâches (mémoire, imagination, calcul), le développement de l'intelligence artificielle ouvre l'humain à des nouvelles facultés cognitives à venir. C'est la « fin de l'ère du savoir », place à « l'intelligence inventive », à « l'intuition novatrice et vivante ».

- Mais si nous comptons de plus en plus sur les machines pour penser à notre place, nous risquons peut-être de penser à notre tour comme des machines. Ainsi J.-M Besnier, dans *L'Homme simplifié* (2012), déplore un certain formatage cognitif et comportemental : l'humain se comporte et se perçoit de plus en plus comme un automate.

L'ESSENTIEL

L'intelligence artificielle →
- imite l'intelligence humaine (fonctionnement syntaxique)
- calcule, retient, apprend
- n'est pas sujette aux limites de l'humain

L'intelligence humaine →
- saisit et produit du sens (fonctionnement sémantique)
- invente, décide, ressent
- a conscience d'elle-même

Comment la littérature réfléchit-elle au devenir de l'humanité ?

42

☐ OK

L'inquiétude face aux évolutions de nos sociétés s'intensifie aux XXe et XXIe siècles. La littérature s'empare de questionnements qui agitent les consciences, en explorant ce que nous pourrions devenir.

I Anticiper les dérives de nos sociétés

1 Une mise en garde face aux dérives politiques

- Les **récits d'anticipation** dépeignent un futur plus ou moins lointain, qui pousse souvent à l'extrême certaines caractéristiques de nos sociétés pour mieux réfléchir à leur impact. Des dystopies mettent en garde contre les changements sociaux liés aux avancées techniques et scientifiques ▶ FICHE 44.

> **Mot clé**
> Une **dystopie** est un récit de fiction qui décrit une société oppressante, souvent tyrannique ou totalitaire.

- Les expériences politiques désastreuses du XXe siècle nourrissent une littérature qui met en garde **contre l'instauration d'États puissants** susceptibles de broyer l'individu. Dans *Kallocaïne*, de Karin Boye (1940), la vie privée est annihilée par un sérum de vérité qui révèle les pensées les plus intimes de chacun. Orwell s'en inspire dans *1984* (1948), où il décrit un régime totalitaire doté d'une police de la pensée qui traque les dissidents.

2 Une réflexion sur les valeurs et les aspirations de nos sociétés

- La science-fiction **questionne les formes et les objectifs que prennent nos sociétés**, et les buts qu'elles se fixent. Dans *Ravage* (Barjavel, 1943), la fin de l'électricité donne un brutal coup d'arrêt à une société ultra-urbanisée et égarée par ses propres inventions, forcée de revenir à l'essentiel.
- « Dans un monde entièrement fait pour l'homme, il se pourrait bien qu'il n'y eût pas non plus place pour l'Homme », prévient Gary dans sa « Lettre à l'éléphant » (1968). Il y **interroge les valeurs** qui fondent notre société et appelle à la vigilance face au progrès, qui engendre souvent des destructions.

II Questionner notre vision du progrès

1 Les ambivalences de la technique

- La science-fiction dénonce l'engouement pour des inventions d'abord perçues comme des progrès, mais qui peuvent **se retourner contre nous**. Dans *Frankenstein ou le Prométhée moderne* (1823), Mary Shelley dépeint un savant qui a créé, à partir d'un cadavre, une créature qui échappe à son contrôle ; Frankenstein est puni pour ses prétentions de démiurge.

Mot clé
Un **démiurge** est une divinité créatrice du monde.

- À terme, c'est **la question de la place des humains** par rapport à leurs propres créations qui se pose. Dans le cycle des *Robots* (1950), Isaac Asimov imagine des robots dotés d'une intelligence aussi fascinante qu'inquiétante, susceptibles de prendre l'ascendant sur leurs propres créateurs.

2 Les manipulations du vivant

- **L'idéologie transhumaniste** promet de vaincre la maladie, la vieillesse et la mort. La science-fiction explore les conséquences philosophiques d'une manipulation du vivant et se fait l'écho de débats scientifiques. De nombreux écrivains, comme Asimov, Huxley ou encore Damasio, envisagent comment la technologie pourrait permettre de dépasser les limites du corps humain. Faut-il s'attendre à un tournant sans précédent dans l'évolution ?
- Augmenter l'humain, c'est donc le modifier : **des questions éthiques s'imposent**. Dans *Un dissident* (2017), François-Régis de Guenyveau suit le parcours d'un jeune scientifique de génie, embauché dans un laboratoire ultramoderne. Son rêve, créer un homme nouveau affranchi des limites de la nature, se heurte bientôt à cette intuition : la science ne peut pas être le seul moteur de l'évolution humaine.

L'ESSENTIEL

L'humanité reste-t-elle à inventer ?

43

☐ OK

L'univers technique ouvre à de nombreuses interventions sur la nature mais aussi sur l'être humain lui-même : quelles espérances et menaces sont liées à une possible redéfinition de l'humanité par elle-même ?

I Dépasser nos limites biologiques

- Dans *Le Geste et la parole* (1964), le préhistorien André Leroi-Gourhan dit que notre rapport au monde est médiatisé par des outils, organes artificiels qui prolongent nos intentions : cette « extériorisation » fait de l'humain **un être augmenté depuis toujours**, qui s'invente en coévolution avec la technique.
- Les performances accomplies grâce aux NBIC (nanotechnologies, biotechnologies, informatique et sciences cognitives) ouvrent **des perspectives sans précédent**. Dans *La Mort de la mort* (2011), le médecin Laurent Alexandre imagine les bouleversements à venir, notamment si l'espérance de vie se trouve significativement augmentée.
- Le transhumanisme rompt avec le modèle thérapeutique de la réparation (restauration d'un état considéré comme normal), et vise à **affranchir l'humain de ses limites biologiques** (augmentation). Dès 1957, le biologiste Julian Huxley, frère de l'auteur du *Meilleur des mondes* et partisan de l'eugénisme, décrit une humanité en voie de contrôler sa propre destinée en se transformant elle-même. ▶ FICHE 44

Mot clé

Le **transhumanisme** est un courant de pensée qui prône l'utilisation des sciences et des techniques pour transformer notre condition et aller vers une « posthumanité ».

II Inventer une posthumanité

- L'association *Humanity+* fondée par Nick Bostrom veut « **remodeler notre propre nature** de la manière que nous jugeons souhaitable ». La question « Qu'est-ce que l'humain ? » doit faire place à une autre : « Quel est l'humain, ou plutôt le posthumain, que nous voulons produire ? ».
- Ray Kurzweil décrit des cyborgs augmentés de l'intelligence artificielle et **libérés de leurs anciennes limites** physiologiques par le couplage de la conscience à des supports inorganiques (*Humanité 2.0*, 2005).

- Dans son *Manifeste cyborg* (1985), la biologiste Donna Haraway voit dans la construction de cette nouvelle humanité **une opportunité** pour questionner les catégories binaires (naturel/artificiel, vivant/machine, animal/humain, féminin/masculin…) et les hiérarchies traditionnelles.

III Un projet discuté

- Certains assument à l'inverse des positions « bioconservatrices » : Francis Fukuyama estime que la notion de « nature humaine » constitue une référence indépassable et doit inspirer **une réglementation éthique et politique** de l'usage des biotechnologies (*La Fin de l'homme*, 2002).
- Michael J. Sandel dénonce dans l'amélioration génétique une atteinte à la dignité humaine. Il défend **l'« imprévisible de la vie »** face à une idée de la perfection dévoyée par le culte de la performance et de la consommation (*Contre la perfection*, 2007).
- Pour Jürgen Habermas, le déplacement de la frontière entre hasard et libre choix pose la question de **l'égalité sociale** face à l'augmentation, mais affecte aussi la compréhension de soi d'individus, produits de la volonté d'autres individus (*L'Avenir de la nature humaine*, 2001).
- Même après les totalitarismes du XXe siècle, par l'idée de construire un homme nouveau fascine encore. J.-M. Besnier voit dans les « fantasmes transhumanistes » un nouvel avatar du vieux rêve de **s'affranchir de notre finitude** et « le symptôme de l'image négative que nous nous faisons de nous-mêmes » par rapport à la puissance de nos machines (*Demain les posthumains*, 2009).

Mot clé

La **finitude** est le caractère de ce qui est fini au sens de limité. Le terme désigne plus spécialement la condition de l'être humain comme mortel conscient de sa mortalité.

L'ESSENTIEL

Transhumanisme → **Humain augmenté**
- amélioration des conditions de vie
- outils, prothèses, amélioration génétique

Posthumanisme → **Humain remodelé**
- autoproduction de l'humain
- hybridation vivant/machine (cyborg)

Bioconservatisme → **Humain préservé**
- acceptation de la finitude
- limites juridiques et morales

ŒUVRE CLÉ • Aldous Huxley, *Le Meilleur des mondes*

44

☐ OK

En 1931, l'écrivain britannique Aldous Huxley invente un monde dystopique, à la fois très différent et dangereusement proche du nôtre. Un monde prétendument parfait qui vire au cauchemar...

I Un roman d'anticipation dystopique

1 Une société eugéniste

- Huxley s'empare d'une problématique qui passionne son époque : l'eugénisme. Il imagine une société fondée sur la sélection discriminante des individus selon certains critères.

Mot clé

L'**eugénisme** (sélection génétique des individus) vise l'amélioration de l'espèce humaine, mais pose de graves problèmes éthiques ; il a ainsi conduit aux exactions nazies.

- Fondée sur des castes, des Alphas (membres supérieurs) aux Epsilons (membres inférieurs), la société modifie génétiquement les embryons pour qu'ils s'adaptent parfaitement à leur destination sociale. Plus la caste est basse, moins on fournit d'oxygène aux embryons, afin d'enrayer leur développement, créant une sous-humanité aisément exploitable.

2 Le fordisme comme religion

- Ford, concepteur de la production industrielle à la chaîne et de la consommation de masse, détrône Dieu. Le calendrier s'établit désormais à partir de la révolution qu'a constitué Ford.
- L'humain lui-même est produit en série, dans un Centre d'Incubation : « Nous prédestinons et nous conditionnons », s'enorgueillit son directeur. Dès la conception est mis en place un véritable culte de la consommation, clé de voûte d'une société qui érige le plaisir et le confort en idéaux suprêmes.

3 Une caricature du totalitarisme soviétique

- « Communauté, identité, stabilité » : telle est la devise de l'État mondial. L'individu – comme être unique, autonome, ayant une existence légitime hors du groupe – n'existe pas.
- Quiconque s'écarte de ces normes est suspect. Bernard Marx, qui n'adhère que partiellement aux valeurs de l'État mondial, est rapidement soupçonné de dissidence et neutralisé.

II Une réflexion sur la nature humaine

1 Le rêve de s'affranchir de limites biologiques

- L'humain est **délivré de certaines limites biologiques**. Ainsi, le corps féminin n'a plus à subir la grossesse, perçue comme vile. La vieillesse n'existe pas : les soixantenaires conservent la fraîcheur de leurs dix-sept ans, avant de disparaître soudainement et sans douleur.
- Tout est prévu pour satisfaire rapidement le moindre désir. La maladie et la souffrance sont combattues par des drogues puissantes : le soma, massivement consommé, permet à chacun d'**éviter la frustration** ; elle permet à la fois la stabilité émotionnelle et la paix sociale.

2 La condition humaine

- Perçue comme une menace, la **sensibilité individuelle** est étroitement contrôlée. Les individus sont conditionnés : l'hypnopédie ancre dans l'esprit de chacun, dans son sommeil, des règles et des désirs qu'il suivra toute sa vie.
- Huxley interroge **ce qui fonde notre humanité** : les liens familiaux, jugés étouffants et dangereux, sont abolis ; la sexualité, canalisée, ne vise plus qu'au plaisir ; l'art devient un danger.
- Seule une minorité échappe au contrôle de l'État mondial et vit dans une Réserve. John, enfant conçu naturellement, y a grandi ; sensible et cultivé, il est le **vestige d'une humanité jugée arriérée**. Incapable d'abdiquer sa liberté pour un bonheur imbécile, John finit par se suicider.

> **Citation**
>
> « Un État totalitaire vraiment "efficient" serait celui dans lequel [l'État] aurai[t] la haute main sur une population d'esclaves qu'il serait inutile de contraindre, parce qu'ils auraient l'amour de leur servitude. » (préface)

L'ESSENTIEL

Le Meilleur des mondes : une dystopie

- **Le corps maîtrisé**
  - conception artificielle
  - éradication de la souffrance
- **Des esprits modelés**
  - conditionnement
  - culte du plaisir
- **Un État autoritaire**
  - écrasement des individualités
  - despotisme doux

Quiz EXPRESS 45

Avez-vous bien révisé les fiches 39 à 44 ? On vérifie !

L'humain et ses limites

1 Penser notre rapport au monde

▶ FICHES 39 ET 40

1. Que demandent les partisans d'une « éthique de la terre » ?

- ☐ **a.** placer le vivant à la hauteur de l'humain
- ☐ **b.** freiner l'exode rural en développant le secteur agricole
- ☐ **c.** considérer l'humanité comme partie d'un tout

2. Reliez chaque auteur à la cause qui lui correspond.

a. Svetlana Alexievitch •
b. Romain Gary •
c. Henry David Thoreau •

• **d.** préserver le règne animal et la biodiversité
• **e.** se méfier de la technologie
• **f.** privilégier une vie simple, en communion avec la nature

2 Penser l'avenir

▶ FICHES 41 ET 42

Vrai ou faux ?	Vrai	Faux
a. Un ordinateur a réussi le test de Turing en 2021.	☐	☐
b. Une machine n'est capable ni d'apprendre ni d'anticiper.	☐	☐
c. M. Serres se réjouit de la fin de l'ère du savoir.	☐	☐
d. L'expression « IA forte » désigne un ordinateur doté de conscience.	☐	☐

3 Imaginer les dérives de la société

▶ FICHES 43 ET 44

Quelles sont les caractéristiques de la société imaginée par Huxley dans *Le Meilleur des Mondes* ?

- ☐ **a.** Une drogue permet d'accéder à un bonheur facile.
- ☐ **b.** Tous les individus sont égaux.
- ☐ **c.** L'État conditionne les esprits et traque les dissidents.

CORRIGÉS

1 Penser notre rapport au monde

1. Réponses a et c.
Les pionniers de « l'écologie profonde » comme Leopold et Naess parlent en ce sens de « communauté biotique » ou d'« écosphère ».

2. a. e. se méfier de la technologie (*Inspirations du mal*, 2002)

b. d. préserver le règne animal et la biodiversité (*Les Racines du ciel*, 1956)

c. f. privilégier une vie simple, en communion avec la nature (*Walden ou la Vie dans les bois*, 1854).

2 Penser l'avenir

a. Faux.
En 2021, aucun ordinateur n'a encore triomphé de façon indiscutable au « jeu de l'imitation ».

b. Faux.
Elle apprend en collectant un grand nombre de données et anticipe en simulant des situations inédites.

À noter
Le **« jeu de l'imitation »** a donné son titre à un film sur Alan Turing (*The Imitation Game*, 2014)

c. Vrai.
Nous entrons selon lui dans l'ère de l'invention, beaucoup plus riche de promesses.

d. Vrai.
L'IA « forte » s'oppose à l'IA « faible », qui désigne un système capable d'imiter certaines fonctions de l'intelligence pour résoudre des problèmes spécifiques.

3 Imaginer les dérives de la société

Réponses a et c.
Les individus ne sont pas égaux, la société est organisée en castes.

Mémorisez les idées clés des fiches 39 à 44.

L'humain et ses limites

1

Qu'est-ce que l'Anthropocène ?

▶ FICHE 39

2

Qu'est-ce que l'hybris ? Citez une œuvre le dénonçant.

▶ FICHE 40

3

Qu'appelle-t-on « singularité technologique » ?

▶ FICHE 41

4

De quoi le mythe de Prométhée est-il révélateur ?

▶ FICHE 42

5

Qu'est-ce que la science-fiction ? Que permet-elle ?

▶ FICHE 42

6

Qu'est-ce que le transhumanisme ?

▶ FICHE 43

7

Qu'est-ce qu'un cyborg ?

▶ FICHE 43

8

Qu'est-ce qu'une dystopie ? Citez un exemple.

▶ FICHE 44

RÉPONSES

Efforcez-vous de répondre aux questions par vous-même avant de consulter les réponses, puis révisez régulièrement pour bien mémoriser.

2

Hybris (mot grec) : démesure néfaste de l'être humain.
Exemples : la légende d'Icare ou *Frankenstein* de Mary Shelley.

1

Anthropocène : ère géologique caractérisée par le fait que les actions humaines ont un impact irréversible sur les équilibres naturels.

4

Le **mythe de Prométhée** décrit le dénuement originel de l'humanité, ainsi que sa capacité à lutter contre ses faiblesses grâce à la technique.

3

Singularité technologique : point où l'intelligence artificielle prend le pas sur l'intelligence humaine et la modifie, pour le meilleur ou pour le pire.

6

Transhumanisme : mouvement contemporain prônant l'augmentation de l'humain par le moyen des nouvelles technologies.

5

Science-fiction : genre littéraire qui imagine un état futur du monde, en extrapolant les données de la science ou de la technologie.
Elle permet de réfléchir au futur que nous souhaitons dessiner.

8

Dystopie : récit de fiction qui décrit une société oppressante, terrifiante, souvent autoritaire.
Exemples : *Le Meilleur des mondes* d'Huxley, *1984* d'Orwell, *Kallocaïne* de Boyle…

7

Cyborg *(cybernetic organism)* : être produit par l'hybridation d'un organisme vivant avec une machine intelligente.

Achevé d'imprimer en Espagne par Grafo à Basauri
Dépôt légal: n° 10471-6/01 - Novembre 2023

PAPIER CERTIFIÉ

Hatier s'engage pour l'environnement en réduisant l'empreinte carbone de ses livres. Celle de cet exemplaire est de : 450 g éq. CO_2
Rendez-vous sur www.hatier-durable.fr

« Je suis parvenu en effet à de nouvelles lumières sur le rêve en lui appliquant une nouvelle méthode qui m'avait rendu d'excellents services pour résoudre les phobies, les idées obsessionnelles, délirantes, etc., et qui depuis sous le nom de "psychanalyse" a trouvé un accueil auprès de toute une école de chercheurs. »

Sigmund Freud, *Sur le rêve* (1901)

→ FICHE 21

s

nières,
e sa

s

avers
19
si

vres

Littérature

- Rousseau, *Confessions* (1782-1789)
- Stevenson, *L'Étrange cas de Dr Jekyll et de Mr Hyde* (1886)
- Zola, *La Bête humaine* (1890)
- Kafka, *La Métamorphose* (1915)
- Anouilh, *Le Voyageur sans bagage* (1937)
- Leiris, *L'Âge d'homme* (1939)
- Sarraute, *Enfance* (1983)
- Ernaux, *La Femme gelée* (1987)

Philosophie

- Schopenhauer, *Le Monde comme volonté et comme représentation* (1819)
- Feuerbach, *L'Essence du christianisme* (1841)
- Kierkegaard, *Miettes philosophiques* (1846)
- Nietzsche, *La Volonté de puissance* (1884-1886)
- Sartre, *L'Être et le néant* (1943)
- Ricœur, *Temps et récit* (1983-1985)

Mots clés

- pédagogie/autorité
- académisme
- archéologie du savoir
- avant-garde
- anticonformisme
- manifeste
- Nouveau Théâtre, Nouveau Roman
- phénoménologie
- philosophies de l'histoire
- positivisme
- subversion

Citation

CRÉATION, CONTINUITÉS, RUPTUR

Œuv

Idées principales

- Solidement ancré dans l'imaginaire occidental, **le mythe d** est ébranlé par les événements tragiques du XXe siècle et l'émergence de nouvelles manières de penser l'histoire.
- Au XXe siècle, **un vent de renouveau** souffle sur les arts : avant-gardes et manifestes se multiplient pour transforme la création et interroger la définition même de l'art. → FICH
- La toute-puissance de la raison classique se fissure devant **les nouvelles conceptions de l'humain**, le défi du mal rac et les fondements incertains de la science. → FICHE 26
- Dans les années 1950, le **Nouveau Théâtre** et le **Nouveau** subvertissent les codes et interrogent de manière parfois t nos existences. → FICHE 27

Mots clés

- identité
- sujet
- première topique (conscient, préconscient, inconscient)
- seconde topique (moi, ça, surmoi)
- aliénation
- absurde
- psychisme
- pacte autobiographique
- traumatisme

Citation

LES MÉTAMORPHOSES DU MOI

Œ

Idées principales

- À partir du XIXe siècle, la notion traditionnelle du « moi » comme noyau de l'identité est ébranlée : le moi est désorma **à construire**. → FICHE 16
- Depuis la **reconnaissance de l'individu** impulsée par les Lu le projet d'écrire sa vie séduit bien des écrivains. Conscients difficulté, ils explorent des formes multiples. → FICHE 17
- Le moi se forge au gré de rencontres, de découvertes, d'événements **fondateurs ou traumatiques** dont les auteu cherchent à rendre compte. → FICHE 18
- La pensée contemporaine réinvestit **l'exploration de soi** à t les notions d'inconscient, d'aliénation et d'angoisse. → FICH
- La littérature fouille la complexité du moi et elle contribue a à explorer **les abîmes du psychisme**. → FICHE 20

« Prenez un mot prenez-en deux
faites-les cuir'comme des oeufs
prenez un petit bout de sens
puis un grand morceau d'innocence
faites chauffer à petit feu
au petit feu de la technique
versez la sauce énigmatique
saupoudrez de quelques étoiles
poivrez et puis mettez les voiles

où voulez-vous en venir ?
À écrire
Vraiment ? à écrire ?? »

Raymond QUENEAU, « Pour un art poétique (suite) », *Le Chien à la mandoline* (1965)

→ FICHE 28

ES

es

progrès

FICHE 24

25

cal

oman
ublante

Littérature

- Apollinaire, *L'Esprit nouveau* (1917)
- Breton, *Manifeste du surréalisme* (1924)
- Ionesco, *La Cantatrice chauve* (1950)
- Beckett, *En attendant Godot* (1953)
- Sarraute, *L'Ère du soupçon* (1956)
- Butor, *La Modification* (1957)
- Robbe-Grillet, *Pour un nouveau roman* (1963)

Philosophie

- Husserl, *Idées directrices pour une phénoménologie* (1913)
- Freud, *Introduction à la psychanalyse* (1916-1917)
- Merleau-Ponty, *Phénoménologie de la perception* (1945)
- Lévi-Strauss, *Race et histoire* (1952)
- Wittgenstein, *Investigations philosophiques* (1953)
- Foucault, *Les Mots et les choses* (1966)

Mots clés

- déshumanisation / inhumain
- écrivain engagé
- devoir de mémoire
- épique
- anti-héros
- légal / légitime
- violence physique / verbale / sociale / symbolique
- désobéissance civile / non-violence / pacifisme
- révolution / insurrection / coup d'État

Citatio

HISTOIRE ET V

Œu

Idées principales

- La **violence** est jugée diversement selon sa légitimité, son ampleur et la forme qu'elle prend. → FICHE 31
- Les écrivains sondent **les mécanismes de la violence** et la légitimité de conflits historiques souvent dévastateurs, traumatisants et insensés. → FICHE 32
- L'histoire est chargée de violence, mais **le progrès du droit et l'action politique non-violente** laissent espére que l'humanité peut se libérer de ce fléau. → FICHE 33
- **Les récits de témoignage**, souvent délicats à écrire, participent au devoir de mémoire et contribuent à forger une conscience collective. → FICHE 34
- Le devenir des **révolutions** n'est pas nécessairement de sombrer dans la violence mais d'abord de conduire à des sociétés plus ouvertes. → FICHE 35

« Ainsi quand j'essaie ici à cette table de modeler de mes mains l'histoire de ma vie et de vous la présenter comme une chose complète, il me faut me souvenir de choses parties au loin, parties au plus profond, immergées dans cette vie ou dans cette autre et qui en font partie (…) »

Virginia WOOLF, *Les Vagues* (1931)
 → FICHE 13

on

DE LA SENSIBILITÉ

uvres

Littérature
- Rousseau, *Confessions* (1782)
- Lamartine, *Méditations poétiques* (1820)
- Musset, *Confession d'un enfant du siècle* (1836)
- Hugo, *Les Contemplations* (1856)
- Woolf, *Mrs Dalloway* (1925)
- Sarraute, *Tropismes* (1957)

Philosophie
- Rousseau, *Discours sur l'origine de l'inégalité* (1755)
- Kant, *Critique de la faculté de juger* (1790)
- Hegel, *Esthétique* (1821-1829)
- Scheler, *Nature et formes de la sympathie* (1923)

e la
nt pour
9
ue par
CHE 10
otion
voie du
nsibilité :
étiques.

Mots clés

- intime / intériorité
- communication / langage
- sympathie / pitié / compréhension affective
- solipsisme / intersubjectivité
- esthétique / beau / sublime
- introspection / rétrospection
- subjectivité
- autobiographie / récit de soi

Cita

LES EXPRESSIONS

C

Idées principales

- Le mouvement romantique se distingue par la valorisation **sensibilité individuelle**. → FICHE 8
- À partir du XIXe siècle, les **innovations formelles** se multipl exprimer le plus fidèlement possible le for intérieur. → FICH
- Le partage des sentiments s'effectue moins par le langage une communication plus immédiate, **un « élan vital »**. →
- Longtemps associée à l'œuvre sous-jacente de la raison, **l'é esthétique** représente un accès plus direct aux choses par sentiment. → FICHE 11
- La **modernité** et ses mutations affectent l'expression de la de nouveaux sujets apparaissent, ainsi que de nouvelles es → FICHE 12

« On ne saurait s'intéresser à l'histoire et à la politique sans se rendre compte du rôle immense que la violence n'a cessé de jouer dans les affaires et dans le comportement des hommes, et il paraît assez surprenant, à première vue, que la violence ait si rarement fait l'objet d'une analyse ou d'une étude particulière. »

Hannah Arendt, *Du mensonge à la violence* (1970-1972)

→ FICHE 36

OLENCE

res

Littérature

- Barbusse, *Le Feu* (1916)
- Céline, *Voyage au bout de la nuit* (1932)
- Lévi, *Si c'est un homme* (1947)
- Duras, *La Douleur* (1985)
- Alexievitch, *La Supplication* (1998)
- Mouawad, *Incendies* (2003)
- Faye, *Petit pays* (2016)

Philosophie

- Kant, *Vers la paix perpétuelle* (1795)
- Thoreau, *La Désobéissance civile* (1848)
- Weber, *Le Savant et le politique* (1919)
- Freud et Einstein, *Pourquoi la guerre ?* (1933)
- Ricoeur, *Histoire et vérité* (1955)
- Aron, *Dimensions de la conscience historique* (1961)
- Bourdieu, *La Domination masculine* (1998)

Mots clés

- androïde, cyborg
- apprentissage profond
- Anthropocène
- éthique (de la terre)
- eugénisme
- finitude
- hybris
- intelligence artificielle (faible / forte)
- singularité technologique
- technophobie
- transhumanisme / posthumanisme
- utopie / dystopie

Citation

Œuvre

- Face à **l'emprise croissante de la technique** sur nos vies, les penseurs écologistes tentent de redéfinir la manière dont l'humain habite le monde. → FICHE 39
- Singulière par sa volonté de **maîtriser son environnement et son propre corps**, l'espèce humaine tend à en oublier son appartenance au vivant et à la nature. → FICHE 40
- L'extraordinaire développement de **l'intelligence artificielle** in à repenser la spécificité de l'intelligence humaine et le rapport c l'humain aux machines. → FICHE 41
- Notre devenir pose question : la littérature aide à **anticiper des dérives sociétales** possibles et à réfléchir sur les valeurs et obje que nous poursuivons collectivement. → FICHE 42
- L'humanité peut-elle être « **augmentée** » voire « remodelée » so l'effet de la technologie ? Le mouvement posthumaniste suscite autant de craintes que d'espoirs. → FICHE 43

Toutes les femmes sont élevées dès leur plus jeune âge dans la conviction que le caractère idéal pour une femme est exactement à l'opposé de celui de l'homme ; on leur apprend à renoncer à leur volonté et à leur responsabilité pour se soumettre à la volonté d'autrui. »

John S. MILL,
L'Asservissement des femmes (1869)

→ FICHE 5

couverte et
onde qui le

levier
der une société

ation moderne
→ FICHE 3
seulement par
discipline qui

Œuvres

Littérature

- Stendhal, *Le Rouge et le Noir* (1830)
- Balzac, *Le Père Goriot* (1835)
- Flaubert, *L'Éducation sentimentale* (1869)
- Vallès, *L'Enfant* (1881)
- Ernaux, *La Place* (1983)
- Pennac, *Chagrin d'école* (2007)

Philosophie

- Rousseau, *Émile ou De l'Éducation* (1762)
- Condorcet, *Mémoires sur l'instruction publique* (1791)
- Kant, *Réflexions sur l'éducation* (1803)
- Alain, *Propos sur l'éducation* (1932)
- Beauvoir, *Le Deuxième sexe* (1949)
- Arendt, *La Crise de la culture* (1961)

Mots clés

- pédagogie / autorité
- discipline / instruction
- préjugé
- culture / socialisation
- répression
- égalité
- genre
- savoirs, valeurs
- autonomie
- roman d'apprentissage (*Bildungsroman*)

Citation

ÉDUCATION,
ÉMAN

Idées principales

- L'éducation doit **éveiller** le goût de l'enfant pour la de l'invention, tout en lui **transmettant** l'héritage d'un r précède. → FICHE 1
- Lieu de diffusion de savoirs et de valeurs, l'école est u essentiel pour **se construire individuellement** et for saine. → FICHE 2
- Les **récits d'apprentissage** sont révélateurs de l'aspi à tracer sa propre voie, dans un monde parfois hostil
- L'**émancipation** est l'horizon de toute éducation, no l'instruction qui libère des préjugés, mais aussi par la favorise la maîtrise de soi. → FICHE 4

« Le monde est stable, à présent. Les gens sont heureux ; ils obtiennent ce qu'ils veulent, et ils ne veulent jamais ce qu'ils ne peuvent obtenir. Ils sont à l'aise ; ils sont en sécurité ; ils ne sont jamais malades ; ils n'ont pas peur de la mort […] ; ils sont conditionnés de telle sorte que, pratiquement, ils ne peuvent s'empêcher de se conduire comme ils le doivent. »

Aldous Huxley, extrait du *Meilleur des mondes* (1931), trad. Jules Castier.

→ FICHE 44

TES

Littérature

- Shelley, *Frankenstein* (1823)
- Thoreau, *Walden ou La Vie dans les bois* (1847)
- Huxley, *Le Meilleur des mondes* (1931)
- Barjavel, *Ravage* (1943)
- Asimov, *Cycle des Robots* (1950-1985)
- Gary, *Les Racines du ciel* (1956)
- Ferney, *Le Règne du vivant* (2014)
- De Kerangal, *Réparer les vivants* (2015)

Philosophie

- Leopold, *Almanach d'un comté des sables* (1949)
- Anders, *L'Obsolescence de l'homme* (1956)
- Arendt, *Condition de l'homme moderne* (1958)
- Jonas, *Le Principe responsabilité* (1979)
- Searle, *Du cerveau au savoir* (1985)
- Alexievitch, *Inspirations du mal* (2002)
- Besnier, *Demain les posthumains* (2009)
- Serres, *Petite Poucette* (2013)

e

ifs

s